U0536337

肖汀 著

诗与摄影的激情碰撞

立根 题

中国书籍出版社
China Book Press

图书在版编目（CIP）数据

诗与摄影的激情碰撞 / 肖汀著. -- 北京：中国书籍出版社, 2021.11

ISBN 978-7-5068-8725-0

Ⅰ. ①诗… Ⅱ. ①肖… Ⅲ. ①诗集－中国－当代 Ⅳ. ① I227

中国版本图书馆 CIP 数据核字（2021）第 205421 号

诗与摄影的激情碰撞

肖汀 著

责任编辑	马丽雅
责任印制	孙马飞　马　芝
封面设计	肖汀
出版发行	中国书籍出版社
地　　址	北京市丰台区三路居路 97 号（邮编：100073）
电　　话	（010）52257143（总编室）　　（010）52257140（发行部）
电子邮箱	eo@chinabp.com.cn
经　　销	全国新华书店
印　　刷	福州日晟彩色印刷有限公司
开　　本	787 毫米 ×1092 毫米　　1/12
字　　数	90 千字
印　　张	18.5
版　　次	2021 年 11 月第 1 版
印　　次	2021 年 11 月第 1 次印刷
书　　号	ISBN 978-7-5068-8725-0
定　　价	158.00 元

版权所有　翻印必究

作者简介：肖汀，网名潇汀，自诩旅摄诗人。世界文艺界杰出文艺家联合会终身理事会员、世界圣火艺术研究院院士、武汉大学信息管理学硕士、福建师范大学文学学士、闽江师范高等专科学校图书馆副研究馆员、中国图书馆学会会员、福建省图书馆学会会员、中国摄影著作权协会会员、中国女摄影家协会终身会员、福建省摄影家协会终身会员、中国星空视觉联盟CSVA星空摄影师、国际诗歌协会终身会员。摄影图片《山乡柿子红》获得2018年上邦国际摄影大赛旅游彩色公开组PSA银牌奖及入选2018年亚洲一带一路摄影展，摄影组照《见证电视机的发展历程》入选2018年第26届福建省摄影展。摄影片《海上银河》入选2020年福建省摄影家协会主办的霞浦国际摄影大赛，组诗《天问十首》入选《中华世纪新诗典》。2019年8月，《中国好诗》杂志社授予"七十华诞红色艺术家代表"称号。同年11月获得2019中国世界诗歌节暨苏菲世界诗歌奖提名。2021年三张图片入选北京国际摄影周城市推介摄影展。

诗与摄影的激情碰撞 —— 快把我染上春天的颜色

自 序

　　肖汀，网名潇汀，自诩旅摄诗人。在中学时就开始写诗，福建省福州市第三中学的王立根老师办了个班级刊物《涌泉》报，拟滴水之恩，当涌泉相报之意，班上的同学们都积极创作文章投稿，而我交给老师的是诗歌，其中有古诗有现代诗，风格是古诗与现代诗糅在一起，王立根老师严肃地对我说："你要写诗，就写现代诗，不要写不古不现代的诗，还是以写现代诗为好。"我牢记老师的教诲，所写的大多是现代诗。当时交给王老师的一首诗《山楂树》，老师觉得写得不错，就张贴在学校的墙报上。王老师这充满鼓励的举动，激励了我在诗歌创作上的写作热情。在福建师范大学就读时，我参加了南方诗社和福建省大学生诗歌协会。也许那时年轻，并没有写出惊天动地的诗作来。大学毕业后比较消沉，写过一首诗叫《我再也不是诗人了》，此后搁笔二十多年。2012年，在高中同学毕业三十年的聚会之后，蕴藏在内心的诗的灵魂却如火山喷发，一首首带着白发呻吟的诗句，如春花灿烂的迷彩，开在秋冬荒芜的芦花地里。

　　米酿成酒，酒酿成诗。没有博大的精神内涵，支撑不起诗的哲学意境，潇汀的诗浪漫活泼是主基调，富含哲理是诗的生命力，充满深深爱的情怀是诗的原动力。诗与琴乐相和鸣，诗的韵律感是诗与歌的协和。如"诗人住在花树里／鸟语花香藏着不能说的秘密／粉红的瓣芳菲的心／笼着的花香浸润了诗句／从朝霞醉到夕阳／在树的臂弯静静地睡去。"在《天上的爱情》一诗中，诗人写道："明净如泊／穿梭于蓝天白云间的飘逸／你腾着云／我驾着雾／天上的爱情／浪漫的云朵／镜湖的凉风吹着乞巧的埙唢／在诗里谈情／在画里恋爱／诗人的愁肠／是云梦里的衣裳／我来织你来穿。"诗歌韵律感强，适合朗诵。

　　爱满天下，大爱无疆，爱祖国爱人民爱老师爱亲人。诗人从学校到学校，未曾离开象牙塔，为教育奉献爱的花朵，为老师谱写爱的篇章。四季的更替往往是拨动诗人心弦的乐音，引起诗人动情的吟唱。爱在四季，诗中有画，画中有诗，每首诗配上自己原创的摄影片，引导读者想象的空间。在摄影中寻找诗情，在诗意里描述画卷。诗与画的谐和是这本诗集的最大特色。

　　一首诗的启承转合，有时候需要很长的时间，她会在刚刚好的时候，由一件事，一种声音作为起因，而诗自然而然地一蹴而就。诗作《植兰心经》，从酝酿到完成就经过了一年的时间。诚如诗人自己所说的："话说那天在鼓山上种兰花，天色已晚，涌泉寺的钟铃声在日暮之下缓缓升起，接着四周就暗摸摸了。那时候孤独寂寞空洞的感觉袭来，无助的柔弱。兰花的叶子在风中摇摇摆摆的姿势以及一年来开过的兰花，呈现在脑海里，于是便有了这首诗。"这首诗事实上是两种情绪在里面。一种是佛法的高深，一种是司花仙女承诺开花的景象，紧接着又回到涌泉寺的钟声和给兰花浇水的情景，回到现实。兰花开花的景象是欢快的，日暮钟声以及岁月蹉跎，两种情绪辩证地交织在一起，显示了人生悲喜情绪的波动与转换，"敲的是淡漠的心经，"意思是心态淡漠一点，兰花开花是很难的事，有花看花，无花赏叶，心态淡漠一点就不会焦虑了。

　　岁月的沉淀并没有抹去诗人向往春天的激情，染上春天的颜色，和年轻人一样尽情撒欢，世界是你们的，也是我们的。诗人常常以革命的浪漫主义情怀，谱写爱的篇章，倘若足迹能踏遍世界河山，把爱洒满天上人间，那诗人就会在世界的每一个角落放声歌唱。

　　没有受伤的心做不了诗人，诗人的心总是在水与火之间，有时像冰水，冷得让人痛心，有时像烟火，会在大庭广众之下燃烧，不懂诗的人永远明白不了，诗人的心境如此复杂，洒脱和不在乎与众不同，诗人常常在春天里歌唱，在夏季里疯狂，在秋风里悲泣，在冬季里哀怜，就是因为矛盾，就是因为欲罢不能，才有着让人柔肠寸断的情怀，为诗活着，为歌活着，为爱活着。

目 录

第一章 天问

1. 问太阳……………………………… 1
2. 问月亮……………………………… 3
3. 问云朵……………………………… 5
4. 问彗星……………………………… 7
5. 问繁星……………………………… 9
6. 问银河……………………………… 11
7. 问宇宙……………………………… 13
8. 问时间……………………………… 15
9. 问飞天……………………………… 17
10. 问家园……………………………… 19
11. 翘首东海全血月…………………… 21
12. 夸父逐日…………………………… 23
13. 2020的那颗新智慧彗星…………… 25
14. 黑夜出发…………………………… 27
15. 暗夜随想…………………………… 29
16. 蓝眼泪的传说……………………… 31
17. 梦中的蓝眼泪……………………… 33
18. 月亮的颜色………………………… 35
19. 与天对话…………………………… 37
20. 精神空间…………………………… 39

第二章 爱在四季

21. 爱满天下…………………………… 41
22. 同学情谊…………………………… 43
23. 胎动………………………………… 45
24. 妈咪，我爱你的乳汁……………… 47
25. 守候花开的声音…………………… 49
26. 宝贝………………………………… 51
27. 静下心来思考……………………… 53
28. 宝宝，妈妈是你的书童…………… 55
29. 写在女儿高考前夕………………… 57
30. 妈妈送你到考场…………………… 59
31. 女儿十八…………………………… 61
32. 考试随想…………………………… 63
33. 情人的眼泪………………………… 65
34. 失恋静悄悄………………………… 67
35. 我在未名湖等你…………………… 69
36. 孤独是一个人的盛宴……………… 71
37. 寂寞的午夜时分…………………… 73
38. 见与不见…………………………… 75
39. 七夕的月亮………………………… 77
40. 山影………………………………… 79
41. 天上的爱情………………………… 81
42. 参透情禅…………………………… 83
43. 早知道我嫁与春风………………… 85

44. 爱的修炼 …………………………… 87	73. 诗人住在花树里 …………………… 151
45. 旗山四季组诗 ……………………… 89	74. 冬与存在 …………………………… 153
46. 快把我染上春天的颜色 …………… 97	
47. 玫瑰花开 …………………………… 99	**第三章　旅摄随笔**
48. 禅与梅花 …………………………… 101	
49. 诗人醉梅 …………………………… 103	75. 福州女人 …………………………… 155
50. 青梅花开 …………………………… 105	76. 三坊七巷的儿女们 ………………… 157
51. 樱花 ………………………………… 107	77. 惠安女人 …………………………… 163
52. 三月桃花 …………………………… 109	78. 徽州人家 …………………………… 165
53. 蜜桃花儿朵朵开 …………………… 111	79. 缅怀时代的印记 …………………… 169
54. 漳州水仙 …………………………… 113	80. 山水情深 …………………………… 171
55. 花心 ………………………………… 115	81. 山乡柿子红 ………………………… 173
56. 植兰心经 …………………………… 117	82. 长白山天池礼赞 …………………… 175
57. 素兰花开 …………………………… 119	83. 武夷闲游 …………………………… 177
58. 国兰之美 …………………………… 121	84. 霞浦情歌 …………………………… 179
59. 节日的刀痕 ………………………… 123	85. 开茶节 ……………………………… 181
60. 偷一树春光给你 …………………… 125	86. 长乐滨海 …………………………… 183
61. 落英 ………………………………… 127	87. 台缘樱花 …………………………… 185
62. 暮春 ………………………………… 129	88. 客家原乡 …………………………… 187
63. 小鸟的天堂 ………………………… 131	89. 带一首小调去江南 ………………… 189
64. 初夏的味道 ………………………… 133	90. 穿过半个中国来爱你——太湖 …… 191
65. 爱荷的人 …………………………… 135	91. 一个人的旅行 ……………………… 193
66. 出水清莲 …………………………… 137	92. 桨声灯影里的夜龙舟 ……………… 195
67. 荷池夜色 …………………………… 139	93. 生与死 ……………………………… 197
68. 我的家在梯田之畔 ………………… 141	94. 浴火重生 …………………………… 199
69. 赶秋 ………………………………… 143	95. 阳光下的大樟溪 …………………… 201
70. 煮秋茶 ……………………………… 145	96. 穿越神农架 ………………………… 203
71. 秋意 ………………………………… 147	97. 与书同眠 …………………………… 205
72. 秋天的精彩 ………………………… 149	98. 您好，2020 ………………………… 207

1. 问太阳

宇宙的天神驾着金火轮巡游

太阳耀斑太阳黑子氢氦核聚变后闪耀的光芒

穿过日地距离的一亿五千万公里

逼近山峦透过树梢光耀大地

生物的光合作用以化学的方式撷取能量

来自宇宙的力量七彩神光斑斓物化

万物生长生生不息生命绵延与轮回

光伏发电带给人类无穷的力量

大地匍匐在太阳神的脚下

享受着温暖的抚摸疯狂的歌唱

地球绕着太阳公转赋予四季春华秋实

一年三百六十五天光轨移轴

时光走过了不会回头看你尽管只有一秒

50亿年太阳神历经了宇宙爆炸的沧桑

太阳系八大行星的主宰

水金地火木土天王海王星的主心骨

燃烧吧金火轮

黄矮星变成红巨星再后来变成白矮星

50亿年之后渐渐冷却

永恒的太阳神光也有泯灭的一天

地球上的物种还能坚持到那一天吗

逃离地球飞往比邻的行星

似乎还是童话故事

》第一章 天问

问太阳

2. 问月亮

月圆月缺变幻着相思的潮汐
隔着明纱的光寄到千里之外
那谁说爱情的甜言蜜语
在月夜里会悄悄地叹息
你洒下的月色就是罗帐啊

等着月儿走进地球的本影
一个世纪能有几度共赏血月的时光
海滩的礁石潮涨潮落
声声叩响心灵的珠玑
月光下跨越世纪的眷恋
翘首仰望羞红了脸的嫦娥

都怪王母娘娘的灵药太灵
月球上除了陨石坑还是陨石坑
飞天的宇航员走了一圈又一圈
小白兔躲在哪里捣药呢
趁着今夜你面对大海的誓言
千里相思不如你执我的手到白头

> 第一章 天问

问月亮

3. 问云朵

地球和天空隔着一道云帘
打开关起来
厚厚的云层遮住了太阳光遮住了月光
遮住来自宇宙的光

环绕地球的水汽在阳光的照射下
白云朵朵悠游舒畅
只有太阳初升和落下的当儿
光透过云层斑斓炫灿五颜六色
乌云密布狂风暴雨冲刷的雨后
清清新来一款彩霞朵朵抑或彩虹成双

雾漫漫若隐若现仙境的谜想
那是仙人居住的地方
有云汽有水汽甘霖滋润众生万物
氢离子氧离子简单地结合成就了
大气层的水分子
没有这一层云帘的遮挡
那天空就是碧蓝碧蓝的
阳光金灿灿普照大地
夜晚星星伴着月亮钻石般闪闪发光
看见月晕看见银河了吗
看见猎户座的马头星云和巴纳德环了吗
宇宙虽然遥远而浩瀚但不寂寞
恐怖的天外秘密让我们慢慢开启

> 第一章 天问

问云朵

4. 问彗星

每个月都有一颗彗星沿着椭圆形轨道
或是抛物线或是双曲线的轨道造访太阳

太阳风发着辐射光
彗星长出了长长的尾巴，闪亮着
太阳蒸发了彗核的物质
扯下彗星的头发洒向太空
是冰是岩石是铁石在夜空里一闪一闪
流星从某个星座里喷射出来
惬意地遐想天外来客到访
哦，我们去看流星吧我们去捡陨石吧
幻想的陨石闪闪发光

一起去看天琴座流星雨吗
躺在露水淋湿的草地共享月光清辉如许
哦，那是初夏的夜晚
心中充满爱情幻想的人儿
牵着手去看流星雨的陨落
一起去看英仙座的流星雨吗
都说流星雨能见证爱情的真假

天圆地方银河拱桥飞架苍穹
天神恩赐的火流星瞬间划破天空
不眠之夜风吹痛了童真的心灵

一起去看天龙座流星雨吗
初秋的稻谷黄灿灿在田野上
今夜流星是否会撞进怀里
等到海枯石烂地老天荒的爱情

一起去看双子座流星雨吗
流星雨会像火一样激情燃烧而后砰落
等啊等啊，等啊等啊
一夜不眠的等候才是铿锵真情

约好了一起去看这个世纪回归的哈雷彗星
二零六一年七月二十八日
那时我们九十九岁
在地窖里发出美丽的呼喊
我们找到一颗印着哈雷彗星的鸡蛋

> 第一章 天问

问彗星

5. 问繁星

仰望星空

外星人居住的地方

跨越多少光年来到眼前

那眨巴着眼的光穿越了几亿光年的时空

天上的星星淬闪淬闪连成几何花纹图案

你说是左青龙右白虎

你说是南朱雀北玄武

二十八星宿

三十六天罡七十二地煞

八十八星座

天龙座天马座天鹅座

天蝎座天猫座天鹤座

天燕座天兔座天鸽座

北斗七星之神

驾驭太空的飞轮

伴着竖琴声来赴千万年的约定

亲切就像小时候的伙伴

银铃般悦耳的回声

二八年华

我们十六岁啊

天上的繁星地上的魂灵

驾着寰梯去采星眼里的果实

螺旋星系椭圆星系漩涡星系棒旋星系

无限的宇宙万千星系

星空里闪烁着亿万年的回音

> 第一章 天问

问繁星

10

诗与摄影的激情碰撞

6. 问银河

银河，遥远的童话故事

一千亿颗明亮的恒星缀成横跨天穹的拱桥

牛郎织女一年一度相会时闪烁的泪光

银心、银核、银盘、银晕、银冕

直径16万光年的银盘以棒旋的方式旋转

壮观的六维空间棒状结构贯穿星系核的漩涡星系

银河系的中央是超大质量的人马座A星系

黑洞，双黑洞，超质量黑洞

巨大漩涡式的黑洞吞噬了周围的物质

张开血盆大口把巨大的恒星吞下去

银河史诗般的故事充满了恐怖的谋杀

恒星发出了死亡的呐喊

宇宙自然界遵循能量守恒定律

吃进去必定要吐出来

于是银河系除了银光闪闪的恒星外

还有星云尘埃和暗物质还有强辐射物质

万有引力控制宇宙的神威力量

不断运动的物质超物质

构成宇宙无穷无尽千变万化

30亿年之后银河系与仙女座星系会相互缠绕碰撞吗

哦！在银河系边缘的太阳系

何去何从

第一章 天问

问银河

7. 问宇宙

四方上下谓之宇

往古来今谓之宙

宇宙空间星球的生命以亿年计算

宇宙空间的距离以光年计算

宇宙太遥远了鬼神都控制不了

科学的世界观统治了宇宙

射电望远镜看到了遥远的太空

最新的研究认为

宇宙的直径是 920 亿光年甚至更大

目前可观测的宇宙年龄为 138 亿年

拥有几万个星系万亿光年的太空

充满星际气体和宇宙尘埃

充斥着宇宙射线和各种高能带电粒子

等离子体、电磁辐射

而且还在不断地膨胀和爆炸

我们看到的星光是几亿年前发出的闪烁

爆炸产生的星云也许现在并不存在

极端气温的宇宙空间

浩瀚无垠没有边界

无限的空间无限的时间

是不是还有宇宙墙的存在

宁可相信智慧的宇宙人在呼叫我们

请回答请回答请回答

不，我们沉默，keep silence

我们不能回答啊，亲

杞人忧天，天真的堪忧啊

》第一章 天问

问宇宙

8. 问时间

星球的移动就是时间轨迹

光在一年里走过的路程叫光年

几亿光年的距离有多远你想象得出吗

距离的遥远决定了难以想象的时间刻度

宇宙空间星球的生命以亿年计算

地球上物种的生命亿年之后是什么情形

地球出发 2.6 亿光年后才能到达银河系中心

霍金带着时间去了黑洞

黑洞吞噬了恒星

发出的光让地球人知道了

现在我们看见天上眨着眼的星星和星云

是几亿年前发出的光芒

浩瀚的宇宙无边无际没有时间的尽头和开头

我们看见的是过去的过去

地球诞生了智慧的生命

人类文明只有几千年的历史

几千年的时间里人类掌握了高级别的科学技术

氢弹原子弹核技术宇宙飞船人造卫星

科学技术日新月异高速发展

万年之后不敢想象地球上会发生什么

也许人类征服了宇宙呢

》第一章 天问

问时间

诗与摄影的激情碰撞

9. 问飞天

人类从哪里来要到哪里去

飞天的技巧我们已经掌握了

地球的引力已经不是问题

飞船载人也不是什么难题

飞往地外宜居的星球只不过是时间问题

离太阳最近的恒星比邻星系的红矮星

它的行星比邻星 b 是宜居的类地行星

地球飞往比邻星 b 需要 4.23 光年

也许在人的有生之年能登上这颗行星

科技的发展可以提高人类飞天的速度

飞出太阳系外不受太阳时空的影响

也许真的是地球上一日天外已千年

载着地球精英飞往比邻星 b

飞船飞过的地方留下脚印

手摸过的地方下个世纪开出花朵

向往神仙居住的地方

神奇的人类迁徙到达比邻星系

比邻星 b 星球上是不是已经有智慧生物存在

地球上的道德行为准则到了那儿能否适用

这是可以想象的难题

》第一章 天问

问飞天

10. 问家园

回过神来看看我们美丽的家园
青山绿水适宜万物生长
动物植物和人类以及细菌和病毒
生命虽然脆弱但多姿多彩
几亿年的进化地球人成了智慧生物
不要说盘古开天地，亚当和夏娃
不要说黄帝战蚩尤，哥伦布发现新大陆
就说说现代的高科技发展
掌握了原子弹氢弹核发电核技术
发射远程运载火箭宇宙飞船人造地球卫星
制造的电子计算机有 10 亿次巨型机
千万次向量机，数百万次超小型机
研制出"神光"的激光装置
半导体量子陷阱激光器
高速光导纤维通信技术
核工业机器人、六维机器人

科学与经济的超高速发展
人类梦想离开地球到外太空发展
外星人还没到来
谁是人类的敌人
谁是人类的朋友
征服与被征服以及反征服
人与人之间利益趋同与否关系到生杀大权吗
人类一定要破坏生态环境才能过上好生活吗
人类一定要面临血腥才能解决生存问题吗
人类一定要使用核武器毁灭人类自己吗
苍天在上，宇宙无垠
地球，人类命运共同体的保护
难道不是非常非常重要的吗

》第一章 天问

问家园

11. 翘首东海全血月

潮涨潮落声声闷扣心灵的珠玑

我们漫步东庠岛的沙滩

初生的月亮金黄

月光下我们的脚架跨越了世纪的暗恋

你在海礁之巅，变幻着世纪强悍的姿势

今晚全血月啊，我们翘首盼望

初亏在一点五十分

渐渐暗淡，嫦娥的笑脸收起了荣光

地影遮住了六月十五的月亮

月牙儿啊慢慢慢慢

遮住了遮住了

食既在三点十四分

食甚在四点二十一分

我的长焦吊着了满脸血红的嫦娥

血色淋漓啊

爱的誓言在东海的波光里闪闪发光

不离不弃，不离不弃

日头盖地影，火星冲血月

海浪声声，月色虔诚

东海渔村在全血月的辉光里

鸡鸣狗叫萤火虫虫飞

黎明的蓝调之前

嫦娥姐姐渐渐褪去了红晕

生光在五点十三分

复圆在六点十九分

黎明的曙光一抹红霞

太阳又重新照亮了大地

嫦娥姐姐回宫去了

翘首东海全血月

12. 夸父逐日

　　2020年庚子鼠年，疫情尚未完全消失，夏至日恰逢日环食，这天也赶上人文节日父亲节。琪琪星空摄影小分队的摄友们一行四人，从福州赶赴厦门拍摄日环食。

世间总有遗憾不如意误解扼腕叹息
世间不能所有的事都功德圆满
补上缺口也补上遗憾
父亲的角色就是担当与责任前行的动力

父爱沉重如山
庇荫护佑勇往直前的我们
老父亲也有弱势的时候
那一定是伤透了心
我们可以把心画在太阳的指环圈里
画下美好的祝愿
歌舞升平千年的颂歌
万众敬仰
信念超越了千山万水
站在最高的地方面对命运的挑战
夸父是勇敢的化身
追逐太阳
敢于拼搏与挑战的精神力量

夏至
太阳与月亮叠抱
这一天，神一样的传奇
月亮向太阳走去，叠加
欢呼金环重现
大地母亲我们在妈妈的怀抱
接受大自然的馈赠
大自然的青睐大自然的轮转
太阳走到北回归线
走到至极又回头向南，向南
夏至之后台风暴雨热浪随之而来
父爱如山爱的温暖如擎天大柱
天不会塌下来顶住顶住
夸父逐日气宇轩昂，飞翔
叉不住太阳
留不住太阳的脚步，向南向南
父爱如天庇荫护佑我们
勇往直前功德圆满万事如意吉祥

> 第一章 天问

夸父逐日

13. 2020 的那颗新智慧彗星

  2020年7月22日，新智慧彗星NEOWISEf3近距离临近地球，琪琪星空摄影小分队的成员黄友琪、余民、林秋秋和我四人前往福建省尤溪县古溪星河景区，拍摄彗星。非常感谢古溪星河的朋友提供住宿和食膳。晚八点半左右，彗星非常微弱的光出现在北斗七星左下方，后来彗星越来越亮，肉眼可见。图片用佳能5d3加70—200镜头加增距镜拍摄，时间30秒，感光度四千到五千。非常微弱的光，被我们的相机捕捉到。彗头是一块燃烧的火球，彗尾拖着两条光线，慢慢落到地平线下。

过境太阳系逼近地球
最近的距离也要一亿公里之外
距离产生美

恒星闪烁的光辉永恒
不稀罕，星空尘埃密布
亿万亿万颗星

新智慧彗星回归的旅程
是科学家发现的火焰
到底来没来过地球附近
到底有否被地球人记下过
没有
不知来自何处，不知去往何方
做客太阳系，临近智慧地球
这一时点地球人欢呼雀跃
你好，2020年
你好，新智慧彗星

用感光的印像铭记这一时刻
用甲骨文刻在牛骨上
用金刀铸在青铜器里
记忆存在数码字符里
写在典册里，有据可查
不是新智慧彗星不存在
六千八百年的回归
望儿的身影成了石圭

时间在宇宙的仪表里只有一秒
人类从猿猴变成了超级智慧人

地球没有灾难，没有
神秘祷告的灵符
去吧，隐没在宇宙的尘埃里继续燃烧
六千八百年后还会来吗
也许成了宇宙的灰烬
燃烧成了流星
再见，新智慧彗星

2020 的那颗新智慧彗星

14. 黑夜出发

黑夜出发
以为看到的是黑暗漆黑一片
光微弱得只会喘气
透过星星可以看见
千万年前的银河雾状的闪耀
银河像一块彩盘
又像一条彩链
在宇宙里旋转
月亮的光温柔又凄凉
星星爆出犀利的光掩盖了世界的残忍

天暗下来只是人声渐渐悄寂
地球以外的世界开始沸腾起来
暗物质悄悄逼近了地球

吸附在树梢，鬼魅躲在大海里
听海浪的侵刷
星光下有气息有雾水有蒸汽来自星星的力量
覆盖了大地
暗夜里飞舞的精灵
刺痛你的肌肤吃了你的血
恐怖并不会来临
不相信有黑夜的强盗
海边的村民善良与宽容
暗夜的微光值得回忆
海里的精灵山里的精灵

暗夜不再寂静
有星光的宇宙世界
汹涌而至的暗夜情怀

>> 第一章 天问

黑夜出发

15. 暗夜随想

夜，漆黑，伸手不见五指

灵魂抛到九霄云外去吧

月亮落下去了鬼吹灭了灯

我们在缀满星星的夜光下游荡

猎户座的马头星云

巴纳德环的狂欢舞蹈

斗转星移

一闪一闪就怕乌云遮挡了星光

寂静只有星星在诡异地欢唱

超新星的爆炸传导亿年的荣光

有流星的夜晚神会降临

时光在暗夜里穿梭

穿过银河穿过猎户穿过北斗

凌晨的雾水淋湿了灵与肉的战栗

天水是上苍的恩赐

日月星辰的精华凝炼的雨露

哺育了地球上的生命

暗夜终将过去

光明战胜黑暗

人和鬼不是一条道上的朋友

天亮了

> 第一章 天问

暗夜随想

16. 蓝眼泪的传说

美到高贵的冷艳

笑里藏刀的酷炫

生命覆灭的侵袭

随着大海的浪涛声一波又一波地泛滥

星光下蓝精灵哭泣的声音谁能听见

蓝莹莹的梦境大海新娘的泪滴

荧光,丝滑锦缎般的愿景

原始的生命汇聚在大海的边缘

古老的传说争取生存的汇聚

伤心的又何止是大海的新娘

风吹来大海的咆哮

大海澎湃的唏嘘声波涛汹涌

梦幻的荧光蓝得这般狰狞

惊天地泣鬼神蓝幽幽的魔灵

大海啊!我的新娘的泪水

洒向沙滩海礁的边际

> 第一章 天问

蓝眼泪的传说

17. 梦中的蓝眼泪

山海盛下幽幽媚娘的魂灵

在月夜里哭泣

海水掀起的浪花扑棱着匍匐上岸

跌撞在我的跟前

一颗颗一粒粒鲜活的生命

前世忠贞不渝爱的誓言轮回

你来看我

我只能这样回答你

流下几秒钟的眼泪

你眼里荧光的鎏彩是三生三世的辛酸

偏偏要洒在我刀砍的心上

七仙女在天上招手

留给你只有七秒的时间

说：我爱你

》第一章 天问

梦中的蓝眼泪

34

18. 月亮的颜色

月海滚烫的心灵独白

风暴洋、湿海、云海、雨海、澄海、静海

丰富海、酒海、危海、智海、莫斯科海

海的波涛几亿年前的记忆

也蔚蓝得有生灵的痕迹

月亮像自行车的滚轮

面朝地球永远在单面旋转

月亮应该是焦红色的被太阳烤焦了的颜色

冷月光是反射了太阳的光

像一面镜子

冷得像犀利冷漠的厌倦

想一刀裁了你的薪酬

但大自然不会躲避现实

总有一天露出了痕迹

月亮在离地球最近的时候

黄红色的月球惊艳了追星的人们

》第一章 天问

月亮的颜色

19. 与天对话

闪电，在天边爆雷

躺在岩石上追逐闪电的光

月亮被乌云遮住了害羞的脸庞

天外有天

如果地球没有月亮做伴

如果地球有很多月亮做伴

都不是问题也都是问题

月亮引起潮汐引起大风

那谁说炸了月亮

这荒诞的后果将是会变出许多月亮

亦或是变成流星砸向地球

科学家疯了

诗人疯了

人们也疯了

》第一章 天问

与天对话

20. 精神空间

物理的空间已经迟滞

精神的空间舒缓打开

天涯海角你冲我一笑

我的等待

在高原起伏的草地上驰骋

任凭风雪交加

任凭狂风骤雨

你听，是上天的声音

你们可以追寻

不羁的思绪像野马似的翻腾

那曾经的梦幻是澎湃的浪花

那喋喋的话语是上世纪的遗存

你爱我

或是不爱

在这里都如冰凌花静寂凝固

你可以追寻

你可以浪漫

你可以五花八门

不羁的思绪像野马似的翻腾

精神空间

你的情感在这里飞扬

你的才情在这里展现

可以讨论的

不可以讨论的

都如冰棱花静寂凝固

默默无语地疯狂

谁都可以畅谈

谁都可以高歌

只要你愿意

不羁的思绪像野马似的翻腾

> 第一章 天问

精神空间

21. 爱满天下

老师

一大早赶往校园

带着孩子们呱呱地早读

老师，您早

老师不能坐着讲课

就是病了也要站着把课讲完

老师，您辛苦了

老师把爱盛满花篮

把知识也一并地装进

天天在课堂上不停地挥洒

孩子们别调皮捣蛋了

快接住

不懂得接的孩子

就输在起跑线上了啊

老师啊

您把爱洒满天下

那落下的片片花瓣

接到的孩子都能闻到花香

老师就像养育雏鸟一样把吃进去的知识

反哺给学生

老师啊

您把无私的爱

洒向每一个学生

祖国的花朵您精心培育

桃李满天下的时候

学生感谢您

祖国和人民感谢您

》第二章 爱在四季

爱满天下

22. 同学情谊

这爱的相会充满友爱

这情的相聚盛满友情

同学啊

这沉甸甸的深情

沐浴着感念怀想

毕业后各奔前程

我们都失联得太久

当春暖花开的时候

当月满西楼的时候

问候一声

你近来好吗

握握手真情表白

你说在学校里我见到你还会脸红

心跳一百八十下

你说我还会背你写的那首情诗

让我至今感慨

你说你让我们望尘莫及

成绩太优秀了总是拼不过你

是欢欣还是哭泣

是感动还是释怀

如今我们紧握双手

不再遥远不再失联

海外存知己

天涯若比邻

就像杯酒的甘醇滴滴鲜浓

就像田野的清风阵阵醉人

你送一瓶香酒

我送一盒甜心

一杯清茶盛情满怀

多少情谊心心相拥

不用说谈天说地论古今

不用说打情骂俏话家常

微信上聊几句

电话里唠叨几声

同学啊这沉甸甸的深情

我们沐浴着感念怀想

当春暖花开的时候

当月满西楼的时候

同学，你好吗

这沉甸甸的同学情谊

我们都深情地抱在怀里

》第二章 爱在四季

同学情谊

23. 胎动

宝宝，你在妈妈的肚子里叹息
黑暗中听见妈妈的心跳声了
你憋屈地叹息着
无顾忌地喘着
妈妈知道

宝宝，你在妈妈的肚子里战栗
黑暗中听见妈妈埋汰的话语
焦虑地等待着
等待着见到阳光的孩子
那种期待是一天一天地
数着过来的

宝宝，你在妈妈的肚子里欢快地踢着脚
数胎动数胎动快数胎动
把妈妈踢得心花怒放
宝宝要来了
宝宝要来了

二十年过去了
你在睡梦中战栗地叹息
就像在妈妈肚子里的胎动
那种的牵挂
妈妈耗尽心血的抚养
不为别的
就为能拥抱
妈妈肉肉香香疼的乖宝宝

》第二章 爱在四季

胎动

24. 妈咪，我爱你的乳汁
------ 为提倡母乳喂养而作

妈咪，我爱你的乳汁
爱你丰满的乳房
储满了我的甜心点
吧唧吧唧
我饥渴地找着咪咪
小嘴嘴咬着乳头不放
吧唧吧唧
我好享受吮吸的快乐
妈咪盼我快快长大
爸比盼我快乐成长
甜心点啊甜心点
吧唧吧唧

咕噜咕噜
只吞下去几口就没了
妈咪我饥渴啊
张着眼摸着乳巴望着吸呀
啊噢
是妈咪没有奶呀
没有奶呀
呜哇呜哇呜哇

妈咪，我爱你的乳汁
爱你丰满的乳房
储满我的甜心点

妈咪，我爱你的乳汁

25. 守候花开的声音

时间一分一秒地过去

一小时一小时地过去

一天一天地过去

宝贝,你是妈妈怀里的西瓜

呱呱坠地

守候花开的声音

声音是夜郎的哭吟

时间一天一天地过去

一个月一个月地过去

一年一年地过去

宝贝,你是妈妈怀里的香馍馍

亲着你的肌肤

吮着你的肉香

守候花开的声音

声音是朗朗的诗吟

时间一个月一个月地过去

一年一年地过去

十年十年地过去

宝贝,你是妈妈怀里的花朵

芳香扑鼻

守候花开的声音

声音是清脆的鸟鸣

》第二章 爱在四季

守候花开的声音

26. 宝贝

宝宝

你是妈妈心头永远的爱惜

每天都恨不得贴在胸口

搂着你

直到妈妈身上的暖流

温暖到了你的心里

妈妈宠你

宠到无法言语

恨不得每口饭都替你咀嚼

恨不得每道题都替你抄袭

妈妈宠你

宠到无法言语

恨不得世上的美味佳肴

都端出来给你品尝无余

恨不得天下最美的裙裾

披在你青春的花体

妈妈宠你

宠到无法言语

只要你吃饱喝足不腻

妈妈就饱了不吃也可以

要是你茶饭不思生气

妈妈也吃不了几口饭粒

宝宝

你是妈妈心头永远的爱惜

妈妈宠你

吮着你的肉香

咬着你的肌肤

搂着你

宠到无法言语

》第二章 爱在四季

宝贝

27. 静下心来思考

宝宝
你纯真得像一块璞玉
要怎样雕琢
才能成器
孤独是一种心境
当你面向大海的时候
不见得就是花开

辽阔的海天
是一片怅然的空旷迷离
当一个人需要安静的时候
这是怎样的一种享受
心灵在辽阔的苍茫中净化

》第二章 爱在四季

静下心来思考

28. 宝宝，妈妈是你的书童

宝宝，前世我是你的书童

为你打扫你的书房

为你打开散着墨香的杭本

经史子集

劝你好好看书读书背书

别想着窗外的蚂蚁

什么时候要来挪窝

宝宝，今生我是你的书童

为你打扫你的书房

为你备好湖笔备好徽墨

备好宣纸备好端砚

让你落墨如花

让你抒怀达意

不要想着窗外的小鸟

要在哪棵树上搭窝

宝宝，来生我是你的书童

为你打扫你的书房

为你摆好琴架插好琴谱

让袅袅的琴音

飞出寂静的山窝

不要想着隔壁的媚娘

什么时候抛给你笑窝

》第二章 爱在四季

宝宝，妈妈是你的书童

29. 写在女儿高考前夕

这是最后的阵痛

我不由地颤抖

不去想最后的拼搏

淡看考场云涌风起

妈妈放下一切陪你

守着你期待你

两袖清风

只有满含泪眼的诗句

你已不是妈妈羽翼下的 baby

艰难的困苦拼搏

咽下的自有回甘的奥秘

只要静静地期待

考场的铃声响起

放下笔轻松自在地

今后的路妈妈不能陪着你

放开手

奔奔跳跳地开心旅行

志在高远

你早已有想飞的心情

Good luck 宝贝

开心远行

》第二章 爱在四季

写在女儿高考前夕

58

30. 妈妈送你到考场

宝宝，妈妈送你到考场
在考场外等你
大热天的太阳
也没拦住妈妈忐忑焦虑的脚步
我知道宝宝一定会
交上毫不逊色的答卷
因为妈妈只有一个念头
拼搏 拼搏 拼搏

三十三年前
妈妈从三中的考场走出
一脸的懵懂样子
三中变了模样
只有大榕树见证了
学习学习再学习
努力努力再努力的结果

今天，妈妈站在这里
等着宝宝从考场走出来
三中历练了你
苦难困境中不屈的意志

脚趾断裂了
你没有落下一堂课
忍着疼痛做作业
一个月的时间里
你都是单脚跳着跳上四层楼
一步一个脚印
当你挂着拐杖
快步向妈妈走来的时候
妈妈知道
这一切困难都是暂时的
一切困难都是可以克服的
苦难磨炼了孩子的心性
还有什么困难不能克服

妈妈在三中考场等你
等着你快乐的笑脸
安慰妈妈忐忑焦虑的心
无论什么成绩
这场高考
是人生辉煌的垫脚石

》第二章 爱在四季

妈妈送你到考场

31. 女儿十八

女儿十八粉嫩的年华
人生征途迈出跬步如花
姹紫嫣红
画下妈妈的旧时颜色

女儿十八粉嫩的年华
踩着前进的步伐作响嚓嚓
依稀三十年的时光境迁
竟是昨晚的梦里寻她

女儿十八粉嫩的年华
走着妈妈曾经走过的心路
背着行囊准备出发
期待自主独立的日子
自己斟酌着过吧
远大理想靠的是
静心读书认真思索

总有一天会用上读过的知识
老师指点你前进的方向
一切靠的是自己
对社会对自然的理解和思考
图书馆是每一个研究者
必须景仰的地方
知识的积累是攀登的肩膀
精彩世界的认识
离不开前人的经验和教训

妈妈已经跟不上你前进的步伐
你享受的是新时代给予的契机
好好学习天天向上
妈妈疼你疼得无法言语
只希望你少走弯路
坦坦荡荡地走着康庄的大道

» 第二章 爱在四季

女儿十八

32. 考试随想

考试是学生的专利

人生就是要过一道又一道的坎

拦路虎篱笆墙，你得过

不过用什么证明你有本事

自学也要有个锤炼的证明

只听见笔尖沙沙做响

每过一道坎你就会成长

而且长得更加茁壮

没日没夜地读

脑沟里全是密密麻麻的记号

考试是种证明，证明你的能力

只听见笔尖沙沙地响着

中考高考职业资格考拼硕士考拼博士考

考到焦头烂额

睁开眼看看

眼前的台阶你得跳上去

笔尖沙沙做响

宝宝，喔你又到了考研的当儿

没日没夜地读书

读过一遍又一遍

刷了一套又一套的考试真题

还有一百天一百天宣誓

还有三十天三十天宣言

还有就是考试这一天

考场上笔尖沙沙做响

所有的辛苦都释放了当量

人生一直在考试的路上

考试就是看你到底记住了多少前人的总结

你又能如何应用这些知识

经过考试的高压你才懂得拼搏的意义

拼学位拼职位拼职称拼个头破血流

活着，苦痛快乐着

没人让你停住脚步

生命在于不断进取

考试考个满腹经纶

拼搏拼出人生精彩

胜利属于不畏艰难的人

哦，宝宝

我知道你坚强自信

自信就能胜利

» 第二章 爱在四季

考试随想

64

33. 情人的眼泪

我已羽化
不再是能见度里的仙
甩一头秀发飘飘
转身的背影无奈的惦念

花瓣上玲珑的玑珠
甘露凝结的圣水
眼泪是送给情人的
落在玫瑰的花瓣上
栩栩地刻着你的名字

用心摄你的魂归化天然
潜然地瓢泼吐雾成晶
这一刻
凝神的关注曼妙转化
眼里满含不舍的泪珠
眼泪是送给情人的
落在兰花儿的花瓣上
栩栩地刻着你的笑容

》第二章 爱在四季

情人的眼泪

66

34. 失恋静悄悄

失恋是凄美的、静悄悄
　　苍凉、暗绿、寡淡
　爬满青苔的庭院落寞
　脚步声总在庭院外来去
　虚掩的柴扉没有一丝风
　　暗地里——吱呀
　　失恋是一朵暗花
　在苔痕下寂静地苍凉

　主人不在，主人不在
　　青苔疯狂地生长
　　　爬上了屋顶
　凄美的爱情故事结束了
　　只有寂静在蔓延

　庭院的主人再也不会回来
　　苔痕越来越绿
　推门声撕肝裂胆，吱呀——
　主人不在，主人不在
　　失恋寂静地凄美着
　庭院里的花茵茵地响动

》第二章 爱在四季

失恋静悄悄

35. 我在未名湖等你

尘封二十八年的酒酿醇香开启
往事石沉未名湖底
今夜月儿初上林梢
穿越旧梦的迷津
牵手花前月下桃畔柳荫
石舫见证你爱我的曾经
博雅塔随行的醉影

弱语三千挽不住岁月的洗礼
诗已成泪无语今世的情殇
怎么为这夜点亮朦胧的心灯
薄情就是撕碎纸笺
你不爱我我不怪你

岁月葱茏你独自老去
白发横斜正是多情笑你
今夜月儿初上林梢
我在未名湖等你
在我最痛心的地方

我在未名湖等你

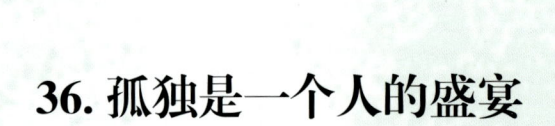

36. 孤独是一个人的盛宴

孤独是一个人的盛宴

给你自由

可以抓住哪一款的意识流

随心所欲地放任

唯美的反面是内心深处最丑恶的苦痛

我的坚强在你温柔的哭声中崩溃

失眠是思绪紊乱的产物

淡定淡定

物质和意识相互转化的时候

嗯，你该吃药了

焦虑抑郁崩溃

那谁说

放下放下

放不下啊，亲

怕失去怕得到怕再失去

我的坚强在你温柔的哭声中崩溃

》第二章 爱在四季

孤独是一个人的盛宴

37. 寂寞的午夜时分

午夜只有星星在轻声细语

月光照着窗台寂静不语

熟睡着的不是同床异梦

梦醒的却是寂寞的时分

惊醒的恶梦夹杂着旧时光

已经没有还能反悔的昨天

寂寞的午夜不眠的苦痛

心与灵无语的对话

泪雨如注研磨成淡香的墨汁

轻描淡写雨过天晴揪心的痛楚

只为一个拾遗的默许

我是不是你心头的朱砂

》第二章 爱在四季

寂寞的午夜时分

诗与摄影的激情碰撞

38. 见与不见

见与不见
不要说再见
相见时难别亦难
不见还见
不是不见
见也白见
见了还见
不见白不见
见不见
万家团圆灯火时
抬头不见低头见
见与不见
见也伤心
不见也伤心
见不见
人生若只如初见

见与不见

39. 七夕的月亮

七夕我会变成你喜欢的模样

刻在你呆呆的脑海里

眼角的鱼尾纹笑成了两朵花

月亮在海边款款招手

牛郎担子里的孩儿变成了二颗牛角星

织女的巧针缝补天仙的衣裳

银河拱桥腾空飞翔着喜鹊

叽叽喳喳，叽叽喳喳

迎面走来一年不见的牛郎

织女会了牛郎

我还是去会月弯

月弯在海边

照见我孤独的背影长发及腰

七月七日长生殿

夜半无人私语时

其二

今夜和七夕的月亮作伴

月光轻轻地流淌

来时你在高岗

我在铜盘

月弯犹如你嬉笑的嘴角

牛郎会了织女

我会了月弯

心似镰刀

割去一地的麦苗

青春无悔织的锦绣衣裳

银河初度

照见我少女的模样

夜已深

七夕的月影早早隐遁

孤寂的只有我

和天上的牛郎织女星

》第二章 爱在四季

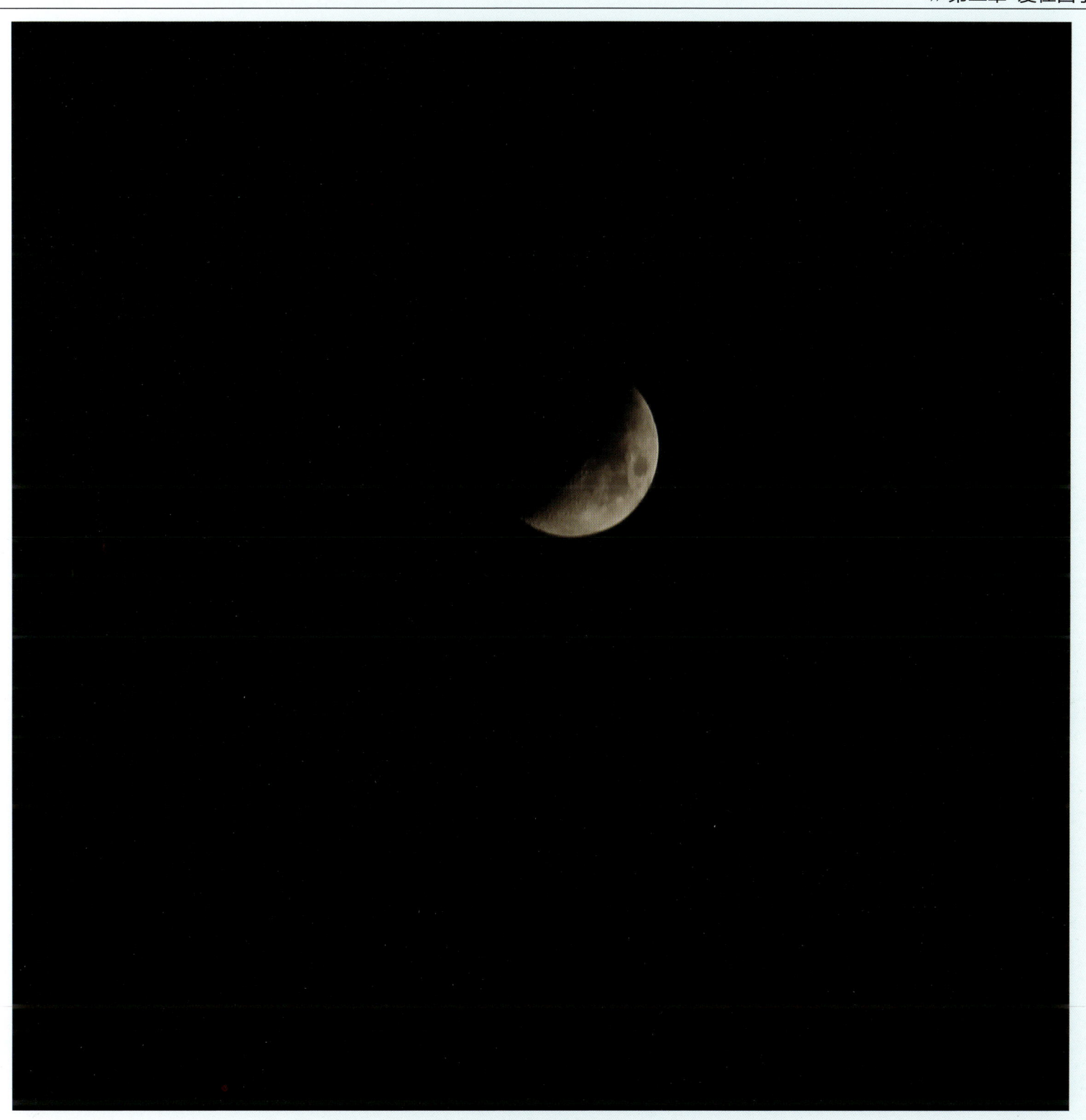

七夕的月亮

诗与摄影的激情碰撞

40. 山影

朦胧中仿佛是山影的恍惚
依稀间听到了辽远的情歌
云雾缭绕中站在望不见真颜的山对面
我呼喊的回声谁应啦
哦,是我上个世纪的情郎

永远渡不过心海的迷茫
错觉一直是解不开的结缆
因为爱而被不爱
歇斯底里地抓狂
我呼喊的回声谁应啦
哦,是我上个世纪的情郎

》第二章 爱在四季

山影

41. 天上的爱情

明净如泊
穿梭于蓝天白云间的飘逸
你腾着云
我驾着雾
天上的爱情
浪漫的云朵
镜湖的凉风吹着乞巧的埙唢
在诗里谈情
在画里恋爱
诗人的愁肠云梦里的衣裳
我来织你来穿
七夕的眼泪
落在镜泊湖荡漾的鳞光里
洒几点酸水
泼几滴醋露
化作雨化作雾
化作晨曦的露珠

》第二章 爱在四季

天上的爱情

42. 参透情禅

隐居山野

归寂湖泊

心中无禅却念佛

品山陌之风

撮涌泉之水

度心中苦禅

参不透一个情字了得

怨不得你无言以对

风月原本与松涛共眠

情归情了如何参禅

人在江湖

心在禅房

怎一个情字了了

参透情禅

43. 早知道我嫁与春风

早知道我嫁与春分
桃花雨落在芳菲的香唇
树下徘徊着爱情的种子
等着香软的泥土把心田温润
早知道秋花冬雨也是春天的童话
曼妙的爱情歌声旋回婉转
穿过晨雾在森林里寻找

早知道我嫁与夏露
闷热的心情大汗淋漓的晨雾
最热的时节兰花轻轻叩响时间的赠与
花开就是上天的怜悯
雨露滋润的回馈

早知道我嫁与秋叶
高山的冷凝哈出爱的温度
爱情躲过长江躲过黄河躲过乌龙江
藏在小小的软盒里
如果秋叶还有爱情的痕迹
也很美也很炫灿

早知道我嫁与冬雪
冰冻三尺夺去爱的回顾
你远走他乡怀揣时间还会倒流
等下个世纪
等不会冻结的时差
等晚霞映红苍白的唇角吐露
最后一个字

》第二章 爱在四季

早知道我嫁与春风

44. 爱的修炼

思考爱恨情仇的时候

雪藏的爱浮出心底逍遥

不是秋叶的醉眼所能表白

燃烧青春凝结的呓语

不负春水不负夏雨

不负秋光不负冬雪

你只知道我含情脉脉地

却从不说深情有几许

任雨凝结成露霜

熏陶四季的花朵

飞沙走石磨炼出

记忆深处的牒帧精品

清风偿还了美若仙界的时光

不负兰芳不负荷香

不负桂馥不负梅馨

等我知道你爱我的时候

已斑白了两鬓青丝

炼一味丹药只闻花香

不问春天的落瓣秋天的离叶

夏天的雷电冬天的冰霜

浅浅一笑

你就是那一道光

揉进千百种风情，迷惑的眼神

》第二章 爱在四季

爱的修炼

45. 旗山四季组诗

（1）春之歌

柔美的旗山绵延数里

飘荡的旗帜挥舞在乌龙江

柔媚的秋波之上

春临榕城

就是雾锁龙江之时

江水淼淼雾霭茫茫

春雨淅淅沥沥

遮住了旗山的峻美

淹没乌龙江江水的波涛

看不见山看不见水

一片仙界迷茫

很快

雨雾散去

旗山羞答答地露出风岚半遮面的骄容

隐隐约约在雨雾中荡漾

飘逸的纱巾缠绕着旗山的腰窝

天要放晴啦

阳光透过薄雾

熙熙朗朗地照在旗山脚下

人杰地灵的高等学府

风流倜傥的才子佳人

谈笑有鸿儒往来有千金

调素琴阅金经

突然

一夜之间水漫乌龙江

闽江上游的洪峰来临

每年端午前夕

黄色的江水潮涌堤岸

携着的泥沙

沉淀在江的臂弯

这就是金山沙滩的来历

采沙船开始忙碌了

夕阳西下时

他们满载而归

端午未过

雨，还在下

雾还在飘

第二章 爱在四季

旗山四季·春

诗与摄影的激情碰撞

（2）夏之风

旗山的夏季踏着
知了的叫声和玉兰花花的香味来了
蓝蓝的天空飘着朵朵白云
明净秀美
明晃晃金灿灿的太阳
照着旗山
挺拔的脊梁裸露的腹肌
高温蒸腾热浪滚滚
势必引来狂风暴雨的青睐

台风来了
十二级台风以陀螺旋转的舞步
逼近八闽
逼近闽江乌龙江逼近旗山

乌云密布
狂风怒号鬼哭狼嚎
呜呜呜呜
暴雨水流如注
山洪暴发泥沙俱下水淹全城
福州在暴风雨中颤抖
闽江乌龙江的水啊土黄土黄
呜咽吧狂风

风走远了
雨停了
太阳出来了
有福之州躲过这一场台风的戏谑
又要迎接另一场台风的到来

》第二章 爱在四季

旗山四季·夏

（3）秋之恋

与晚霞相约

一起邂逅夕阳

这里静寂无人

太阳如约而至

金光闪闪咄咄逼人

淮安半岛

江湾的渔人码头

智者先贤

在这里筹划着有福之州的未来

江水在落日的映衬下粼光闪闪

温暖如娓娓道来的絮语

陪着我

就这瞬间

渐渐地

明亮辉煌的太阳

被乌云遮住了笑脸

沉静下来的天空

阴郁地呜咽着

风起

听乌龙江的浪潮声

拍打着崖岸

晚归的渔船

快速地朝着家的方向驰去

落日依依不舍

一步三回头地告别

回去吧

明天你早早起来

到鼓山的山崖上看我

熬过几个时辰的黑夜

太阳又会重新升起

又是一天新的希望

> 第二章 爱在四季

旗山四季·秋

（4）冬之韵

腊月的榕城

冷空气只轻轻地扫了下尾巴

雪没飘来

暖冬开篇

洋紫色的三角梅环绕着二环的高架桥

灿烂得无比幸福

从九月开到腊月

就等着一场大雪铺天盖地

扫过江南之后

飘到旗山

还有几颗米粒大小的雪花

打蔫三角梅迎春的气焰

春秋相连

旗山的冬季没有雪

终于，雪要来了

兴奋的是摄影师

要拍个百年不遇的雪景片

凌晨瞬间零下三度

就那么一天

挺拔的树蔫了

树叶黑了

旗山葱葱绿的果园

就这样无精打采地黑黄枯了

妈妈，这些树是不是再也醒不过来了呢

哦，宝宝

春天的绵绵细雨会唤醒

龙眼树，橄榄树，荔枝树

芒果树、枇杷树的知觉

他们不会死的

冬天过了春天就要来了

》第二章 爱在四季

旗山四季·冬

46. 快把我染上春天的颜色

新绿嫩黄
萌萌的新枝勃发着生机
尽情释放生长的快乐
一茬茬的阳光普照春雨滋润大地
寒流回暖告诉你春分的消息

万紫千红兆绿
黄的、蓝的、白的、青的花儿
写不尽流年的笔墨纸砚
百花盛开的初春经典

梅花香卷林海樱花娇艳鲜妍
春兰雅韵腼腆桃李妖冶争先
茶花美颜大方牡丹国色天香
油菜花含笑花郁金花杜鹃花

香樟花枇杷花柑桔花芒果花
春光里肆意地肆放着妖娆
疯狂地吐露芬芳

蜜蜂蝴蝶徜徉在爱的海洋
小鸟也唱上了春天的啼欢
妩媚的萌动清扬的飞絮
春姑娘的感动泪如花雨
城里郊外花红柳绿莺歌燕舞
再次续写花团锦簇浪漫的春天

谁在这姹紫嫣红的当儿
伤心地别过脸去
谁说一把年纪不能畅想春天
快把我染上春天的颜色
让我们一同踏青去

》第二章 爱在四季

快把我染上春天的颜色

47. 玫瑰花开

玫瑰花开

心里总是不自觉地荡漾

瓣朵涟漪

一朵又一朵地漾开

花开是阳光的信使

听花开的声音夹杂着光照的密语

玫瑰花香荡漾起来

春的声音委婉地荡漾开来

接着是雨点稀里哗啦地荡漾

温暖潮湿,潮湿温暖

你期待我走近的声音在遥远的树下

那棵百年老榕的树下

青春也稀里哗啦地荡漾开来

漫长的人生我在哪个驿站等你

回不去的从前回不去的昨天

不枯萎就是掌上明珠

不后悔与花草相依偎

左思右想那林黛玉绛珠的草

甩甩衣袖我是哪年哪月的仙

> 第二章 爱在四季

玫瑰花开

48. 禅与梅花

喜雨，喜雨

凡尘的阡苦融进泥土

梅花香自苦寒的品格　　　　　　　　把盏青灯

供奉禅院的菩萨　　　　　　　　　　丑时的花路频频回顾的苦僧

欢喜，欢喜　　　　　　　　　　　　晨钟暮鼓禅院念经声声

漫天心蕊奇异的花气　　　　　　　　花香氤氲

红袖添香伴着　　　　　　　　　　　真性有为空，缘生故如幻

禅院的苦僧读一段楞严禅经　　　　　无为无起灭，不实如空花

为香为臭臭则非香香应非臭　　　　　梅花香魂飘进殿堂

若因香生识因香有如眼有见　　　　　花非花蝶非蝶

不能观眼因香有故应不知香　　　　　花香花秀不是去年的小英子

知则非生不知非识香非知有　　　　　尘缘未绝

香界不成识不知香非从香立　　　　　三生三世轮回的花精灵

　　　　　　　　　　　　　　　　　惊动了禅和尚

　　　　　　　　　　　　　　　　　花非花蝶非蝶

　　　　　　　　　　　　　　　　　是为香无故

> 第二章 爱在四季

禅与梅花

102

49. 诗人醉梅

诗人醉梅
醉在梅香氤氲的袅绕里
踏着青花轻盈的流步
香气拂过隽秀的脸颊
芳菲簇拥沁入心脾的香
飘忽，揽香入怀
诗人醉了醉了
醉在梅香虚妄的情怀里
踏着青花轻盈的流步
花魂如雨暗香依旧
诗人醉了醉了
揽香入怀
醉倒在流芳亭的石阶
爱恨情仇怨轻轻化为乌有

》第二章 爱在四季

诗人醉梅

50. 青梅花开

风飘香雪海的山麓

沁心的气息阵阵迷醉花谷

云雨山雾

水袖舒展仙袂轻舞

漫山遍野花容楚楚

姐姐

我等你千年赴你一约

你路过恰恰看见我在雨中

瓢雨如注

你舔着粉蕊上的雨珠

别样的幸福

从此,你是葛岭的花主

天门山的女神

三天三夜不停歇的雨啊

也夺不走我满心的期盼

传香馨予粉蝶

风一定是吹走了我的心事

在哪棵树上结下了李子果果

》第二章 爱在四季

青梅花开

51. 樱花

漫天菲云嫣霞如烟

妩媚娇艳俏丽鲜妍

热情洋溢的朵儿青春的笑脸

风雨寒流过后依然美艳

不屈的个性吟唱着春天

旷野响起樱花之曲

樱花啊，樱花啊

柳笛般音符风铃样韵典

雨中踏花落了一地的瓣儿

歌声渐远

幻觉中隐匿着

穿着和服的日本女眷

康尼纠娃

康尼纠娃

中日和平的使者

森林公园最肥沃的土壤

一株株樱花绽放着友谊

一衣带水的文化渊源

一脉传承的姐妹情谊

樱花的美艳

是不是该与梅花对决

从古到今

只见梅韵千首诗篇

梅瓶插花留恋香艳

落瓣水中亦香飘隽远

樱花啊

你输与梅花一段香魂

樱树啊

你输与梅树果结情缘

你只低眉含羞撑着伞

从春天走远

》第二章 爱在四季

樱花

52. 三月桃花

都说是穆阳的桃花不一样的娇
艳丽的俗孕育了沉甸甸的果
不一样的香甜
三月三畲家的乌草汁染成的乌米饭
就着一碗滋阴壮阳的桃花胶
你可尝出古老清新的味道

都说是桃花开时诗人越发的痴了
红桃错白桃，白桃娇似妖
小妹纤纤来，素手低枝摇
倘若君心似花心岂不负了相思意

》第二章 爱在四季

三月桃花

53. 蜜桃花儿朵朵开

谁许你一树一树蜜桃花儿朵朵开
谁许你山峦叠翠桃花谷里玉生烟
春风几万里太阳又回归
桃红姹紫色嫣霞浸染花枝俏俏春
春潮又荡漾万枝芳华比比香艳升
转眼间桃之妖娆度了劫
谁许你一树一树花开又花落
又听见黛玉妹妹花树下掩面哭泣声
花谢花飞花满天红消香断有谁怜
谁许你浪里格朗
浪里格朗的一树一树蜜桃花儿朵朵开
谁许你浪里格朗
浪里格朗的一树一树蜜桃枝儿果果结
不就是有失就有得有去就有来
春风几万里太阳又回归
浪里格朗浪里格朗的
蜜桃花儿开蜜桃果儿结
三月的桃花六月的蜜果
香甜的蜜桃你可要来尝尝鲜

》第二章 爱在四季

蜜桃花儿朵朵开

54. 漳州水仙

遇水醒来已经过了三季

三年的造化满腹诗书的委屈

一盆清水滋养花骨朵朵娇丽

金色的唇彩玉色的肌肤

金盏银盆凌波逶迤

仙姐姐做客访友到此

满屋的芳香正月的礼金

摇曳的玉簪馈赠满心欢喜的你

清香作伴一起吟诵唐宋诗篇

唇齿留香凝神花容秀眼

临水照花一曲仙风道骨

轻罗素绉慢旋羽衣婀娜

最不能忍花倒朵谢一去不能挽留

仙姐姐匆匆来匆匆去

留下的念想是三年后再来相会

》第二章 爱在四季

漳州水仙

55. 花心

春的媚眼雨的蛊惑

花的心事总怕被人读懂

色迷魔界

蜂来啦蝶来啦

花心朵朵

洁净透亮粉妆千色

妍心似卵娇艳竟采

生生不息演绎传承的神话

花开是一种节日

万紫千红的诱惑

蜂来啦蝶来啦

来来往往跌宕潮涌

花心朵朵

千朵万朵不如我的心花开放一朵

生命的启程

果的归宿

》第二章 爱在四季

花心

56. 植兰心经

兰叶柔弱得只有一丝韧劲
在风中摇曳
和风露雨滋润着
四季都有飘香的痕迹

兰枝柔弱得只有一声叹息
岁月已蹉跎
日暮时分涌泉寺的钟铃
敲着寂寞的心经

兰朵柔弱成一汪山泉水

浸润四季兰花的叶脉枝理
风中传来司花姐姐的私语
报岁兰紫气东来
四季兰温婉馨香
君子兰含嫣垂笑
对角兰爆款春天

兰花一朵千万语
只为你前世喊我不回头
日暮时分涌泉寺的钟铃
敲的是淡漠的心经

》第二章 爱在四季

植兰心经

118

57. 素兰花开

洁白洁白

一丝淡黄的心蕊

清香远远地传送

会香的花儿

迷了心窍的灵异

素兰花开

是一袭轻纱的妙美

在门外轻轻地扣响门环

姐，我知道你等我很久了

从春天就催我快来快来

我的脚步迟疑羞涩

姗姗来迟的时候

仲秋的月光

正照在我雪白的脸上

》第二章 爱在四季

素兰花开

诗与摄影的激情碰撞

58. 国兰之美

有孤芳与柔媚的陪伴

掬一碗清泉酣畅

有风吹来

有雾雨打湿兰根的慧觉

有清香的供给

有天时地利的造化

兰花开了

用花催开心灵

在花心畅谈梦想

兰花一支千万语

孤芳自赏流水一样的欢唱

》第二章 爱在四季

国兰之美

59. 节日的刀痕

怕时光流走

每一个节日都刻下刀痕

时空里还流着泪的浪儿

招摇过市

举起什么大旗可以让自己不倒

生生的是满地爬的山虫

这一走又是多少年才能回来

回来时，又是谁的兰花

不懂，不懂

咬着牙

可以安然着陆

江湖的绿野是一畦汀洲

逍遥的雾里看花

不是又到了采莲的时节

离开一个人可以遇见更多的人

跟谁走不是走过了岁月

不在你身边就在别人的身边

你又何必选择了孤独

> 第二章 爱在四季

节日的刀痕

60. 偷一树春光给你

偷一树春光给你

满树的英妍芬芳

掬一壶清水留艳

卧榻慢享时光

君子有约花信珍函

倾听花开的声声铃铛

茵茵就在耳畔

偷一树春光给你

岁月留香

不负我侍花女郎

》第二章 爱在四季

偷一树春光给你

61. 落英

最不忍看

人间四月芳菲落尽

谢了，残了，败了

留不住春光的恩赐阑珊

林妹妹的锦囊

包裹不住天下缤纷的落英

泥里，地里，土里

只听见嘤嘤的哭声

伤心的朵儿呀

又一季的时光泯灭

去寻那前世的缘化

化作春泥护花

赶着雨还没落下还有你的香魂

赶着朵儿还没枯萎

还有一丝娇滴的喘气声

你答应我

你答应我

来年还来就我的花吻

还我的香魂

第二章 爱在四季

落英

62. 暮春

暮春的春花

在淅淅沥沥的春雨浸润下

残了，败了，落了

谁能解在暮春的暮霭里

静默肃哀的赏花心情

爱慕随心

你吹起唢呐

我拨动心弦

雨中漫步看花开花谢

林妹妹你快来呀

别又躲在花前月下落泪

三月的春光四月的枇杷

暮春的喜悦心情

你知我知

鸟儿要把夏天的闷热唱来

虫儿要把夏天的叮咬带来

暮春的暮霭里

爱慕随心

谁说风是流动的

一剖黄土掩风流啊

呵呵

》第二章 爱在四季

暮春

130

63. 小鸟的天堂

天刚泛白蒙蒙亮，有只小鸟就突然高声唱道
起来了起来了起来了
静寂过后便是小鸟们
你一言我一语高高低低地互和着
叫叫叫你，叫叫叫你
唱得最婉转的要数那白头翁
我叫你你不理我
我叫你你不理我

我多想能和小鸟说话
能听懂他们在说什么，聆听、联想
对，无非说我爱你
我真爱你我好爱好爱你
小鸟到底在欢呼什么
一大早还没出来找食
他们啾啾的唱个不停欢快地高低起伏地
啾啾地唱着个不停
我爱你你也爱我
我爱你你也爱我

太阳出来了小鸟们偶尔也有一两声的叫唤着
那是小鸟在找食
春天吃花夏天吃虫秋天吃果

冬天小鸟们就往南方飞了
没飞走的小鸟
依旧住在树林里
一大早会听见小鸟被冻得发抖的声音
好冷啊好冷啊冬雨打着树叶
凄风吹着树枝小鸟们凄凄地叫着
好冷啊好冷啊我不想吃我不想吃

人们羡慕地唱道
我多想变成一只小鸟
能自由自在地在天空飞翔
小鸟是自由啊
可是它们吃了上顿没下顿
凄风苦雨断了粮
过了今天愁明天
鸟窝不是空调房
冬天有多寒冷啊

小鸟小鸟向往自由的天堂
鸟身也要有保障啊
啾啾地唱着温婉和幸福
我爱你你也爱我
我爱你你也爱我

》第二章 爱在四季

小鸟的天堂

64. 初夏的味道

初夏的味道

初恋的梨糕

炎热刚刚开始

骄阳的雨季湿润返潮

栀子花香妖娆

迷恋校园女生超短的裙脚

玉兰花香缭绕

想念去年夏季的菱角

米兰花香纷扰

正是读书声中惊醒的离骚

初夏的味道

初恋的梨糕

校园男生

分享冰激淋的书包

你不说我也知道

》第二章 爱在四季

初夏的味道

诗与摄影的激情碰撞

65. 爱荷的人

白天看荷花

晚上赏荷叶

说不尽的惋惜　　　　　　　　夜色里的荷塘

一唱三叹　　　　　　　　　　禅机就在蛙叫

　　　　　　　　　　　　　　那起伏的叫声

荷亭里依着美人靠　　　　　　是夏天的闷骚

盼着微风轻送凉爽　　　　　　月色没有

读着荷塘月色　　　　　　　　人影袅袅

品着田田舞裙　　　　　　　　微风送来荷花和莲蓬的清香

听着蛙鸣蝉叫　　　　　　　　就是看不见荷叶下的莲藕

想着解不尽的心事　　　　　　和莲藕边的鱼儿

　　　　　　　　　　　　　　我想鱼儿肯定是有的

　　　　　　　　　　　　　　只是这会儿不在

》第二章 爱在四季

爱荷的人

66. 出水清莲

一池碧涛荡漾着荷的花心
花心早已结了莲的情房
出水的青莲
婷婷袅袅素衣惆怅

风吹过来的笛音渺茫
静夜里倾听莲的花语呢喃
亲，亲
你听叶底下水的叮当
是否是鱼在捉着迷藏

素衣素裙水袖霓裳
花不言水不语
不胜凉风的娇羞迷酣
静夜里荷的花心
早已结了莲的情房

》第二章 爱在四季

出水清莲

67. 荷池夜色

等着夜色

是你姗姗来迟的灯影

荷亭晚唱

一池婷婷的舞女

带着嫩蕾鬓角的荷花朵儿

蝉鸣叽喳刺耳叫唤

疑是你喊错了我的小名

华灯初上

桂树双株荷花五品

衬着幽蓝的天空

你在蓝调的树影里无影无踪

是谁翻错了藕花莲池的花牌

且慢，且慢

且在这须臾的时光里

浅唱一首声声慢

莲蓬起舞蝉鸣蛙唱

》第二章 爱在四季

荷池夜色

140

68. 我的家在梯田之畔

我的家在梯田之畔

高高的山拦住了我想去的地方

秀美的山川种着我的稻粮

六月的稻花儿香香

九月的稻穗金黄

叔叔你的镰刀快把

砍下的柴禾搭成了山墙

勤快的姑姑大清早就去深山的悬崖边采红菇

采下的红菇卖的好价钱呀

几朵木槿花炒盘土鸡蛋

山上的嫩笋干永远是山民餐桌上的菜单

梅干菜的香煨的那个土猪肉

你尝尝就知道山里的味道

我的家在梯田之畔

高高的山拦住了我想去的地方

天光云影是家常便饭

山坳里吹来凉爽的清风

风赶着云朵头顶上掠过

弯弯的小路梯田边蜿蜒

秋收要割的那个稻粮叔叔已经备好了刀镰

》第二章 爱在四季

我的家在梯田之畔

69. 赶秋

赶在秋天最风骚的日子

柑梨柿柚已采下

稻麦粟栗已收割

秋风里就剩下银杏的叶儿金灿灿

秋雨别急匆匆赶着瓢泼

等等，等等

等着阳光洒向

千年的银杏树壮丽的落叶场景

等一场秋的邂逅，来看你

银杏王在大岭

秋仙子一定是唐时的飞燕旋转落下的白果

我的心事深锁清秋的疾

深情的眼眸流淌的药理

活血化瘀通络

治愈了老气横秋的病

年轻态快马加鞭

夕阳下看见你千年的胆魄

那棵抱竹的树斩剁了秋的心病

》 第二章 爱在四季

赶秋

144

70. 煮秋茶

品一口老秋茶回味回甘

热血因年事渐高而颓废

愧疚的脸颊潮红泛光

心志尚未抒发而须发花白

不甘时光过隙遮没了云烟

论道荣辱不惊西风策马

煮一壶老秋茶茶朵泛着金花

这一煮把人生的不甘煮成回甘

尝、尝、尝

可惜回甘的茶去了油腻却泛上了腺素

扼腕叹息啊时光恍惚

顾左右唤小儿

愤闷憋屈堵心

明白的错也只能视而不见

你把青春活力交给下一代

在诗中分化自己

把寂寞和孤独分享成秋的炫彩

不甘寂寞就煮上一壶开着金花的老秋茶

尝、尝、尝

煮秋茶

71. 秋意

秋天的诗意是红黄蓝的组合
最美的风景是人物衬出的灵动
一辆自行车是虚拟的存在
在那里陪我乘着秋凉
秋高望远望见夕阳下的稻黄
金色的秋天收获秋的霓裳

秋天的炫灿之后
美得如此艳羡的秋叶褪去了华章
告诉我不能问秋的理由
秋天的落叶恍若年老的齿牙落地
家人的团聚血脉连着亲情

余生不长能听见你的唠叨
一帖温暖碎碎心的膏药
不能置换的爱陪我地老天荒

老了就是寻找在一起的自由
见一次面都是感恩的相会
心灵需要独白与静处沉默与发呆
竹风伴兰影
山泉溪自流
细数夕阳的时光落幕
慢调的人生不问归去来兮
青春煎熬到干涸龟裂的时候
阴晴圆缺不长不短你正好来问路

》第二章 爱在四季

秋意

72. 秋天的精彩

秋天的精彩

在于她的炫灿

大自然赋予秋天

幻彩的天堂

经历过阵阵秋霜

绿色的世界换上了彩妆

秋是炫耀是抓狂

是阳光普照的辉煌

漫山遍野秋的叶语呢喃

房前屋后秋的顾盼蹒跚

浓妆艳抹分外妖娆

红黄绿赭五彩斑斓

秋语呢喃是生命面对困苦的华章

是思衬着如何度过艰难

来欣赏来夸耀来品尝

充满幻彩的天堂乐章

沉浸在她的怀抱

直到冰冻三尺

层层褪去华美的秋装

静寂了吗、悲秋了吗、感伤了吗

不，光秃秃的枝丫是新的希望盎然

》第二章 爱在四季

秋天的精彩

73. 诗人住在花树里

诗人住在花树里

鸟语花香藏着不能说的秘密

紫荆紫荆披着蝴蝶的羽翼

年年都有秋的惊喜

哪一天是花开最炫的日子

数着数着不要告诉有秋雨的消息

听那鸟语唧唧的笑声

这是秋季里最美的风景

枝吖的小鸟天天唱着我爱你

粉红的瓣儿芳菲的心

小蜜小蜜把蜜酿在花心里

淡淡的花香秋的气息

只有有心闻香的诗人

酝酿着诗情画意

诗人住在花树里

鸟语花香藏着不能说的秘密

粉红的瓣芳菲的心

笼着的花香浸润了诗句

从朝霞醉到夕阳

在树的臂弯静静地睡去

» 第二章 爱在四季

诗人住在花树里

74. 冬与存在

青春年少一转身已是黄叶凋零的秋季
路很远我的伤心你不懂
又转身是一场冬季的童年
你我奔跑的路看见春天
归程的问候擦肩而过
翻了翻日历你曾经来过
终于，辜负了青春年华的白发
雪花飘落
下雪了那是北方的童话
回归童年我们的记忆只有温暖
地老天荒
冻僵的爱情没有温度
生命的征程至此只能手牵着手告慰天年

如果你不在星星里
一定像花儿一样绽放的笑脸春风拂面
如果你不在星星里
一定秋分卷落叶花飞花、叶飞叶
如果你不在星星里
一定亮出你的嗓音证明你存在
你就在我身旁注视着我时时刻刻

我以一声畅快的雅笑回答你不老的情怀
回眸处秋波盈盈纸醉金迷
幻想的铃铛敲响你的存在，叮铃
发光发热放射无穷的光芒

》第二章 爱在四季

冬与存在

75. 福州女人

东鼓西旗北莲南五虎

四山夹二水闽江乌龙江

市区一条安泰河

只容下大叶榕树的光影斑驳

福州女人茉莉花香的娇嫩

白是白，绿是绿

那话语的婉转恍若荔枝蜜的甜

福州女人

她若不是麻将桌上的咖

若不是当街指桑骂槐的葩

一定是诗书传家的林徽因

龙眼肉滋补了福州女人岁岁的肌肤

慢慢老慢慢享用时光

不围着锅台转

也有拌面扁肉燕的口福

不想吃大鱼大肉

也有包心鱼丸团团圆圆的荤味

味中味的那个虾油味

海边的伊妹爱吃的幽幽的咸香味

弟儿饼蛤油酥鼎边糊光饼犒糟菜

海蟹花菜炒白粿蛏仔海蛎炒鸭蛋

荔枝肉醉排骨黄甲拱粉干

挈挈挈挟挟挟

不想打情骂俏讨乖巧

也有酸甜溜溜的枇杷果你尝尝滋味

》第三章 旅摄随笔

福州女人

76. 三坊七巷的儿女们

沉淀千年的文化

古旧的青石板路换了新装

寂静的小巷没了吆喝

得得的是我的鞋跟

踩着石板的回响

（1）南后街

穿过南后街驻足光禄坊

自行车的轨迹碾压了上个世纪的记忆

莲花灯，寿花圈

包容人生终极的哲学

阴阳交替生死轮回的命理

古老的文明传承的文化

生生不息

撑着油纸伞

走在悠长悠长的坊巷之间

我是三坊七巷的儿女

大红大紫是衣锦坊富贵的色调

矜持儒雅是文儒坊爽朗的笑声

远处传来光着上身的伙计

吟唱着打燕皮的吆喝声

路过总要买碗太平肉燕慢慢享用

不经意又拐进闽山巷

阿芳，你家的大门没有上锁

我循着书香来听你弹唱

元宵节卖花灯

南后街是最热闹最集中的地方

临水夫人侬奶灯状元骑马包种灯

白莲花灯红莲花灯十二生肖走马灯

富贵吉祥白羊灯

外婆要给外甥买花灯

照着舅舅好前程

》第三章 旅摄随笔

三坊七巷的儿女们

158

诗与摄影的激情碰撞

（2）三坊七巷

西边三条坊东边七条巷

坊巷里古老木头的幽魂味

夹杂着马鞍墙日照的斜影

曾经游走的灵魂伴着书香及第的仕途

多少名人志士又浮现眼前

笔墨文章与青石板的交响曲

三坊七巷名人榜纵横半个中国近代史

衣锦坊的欧阳花厅和水榭戏台

大户人家小花园的水池假山雪洞阳台半边亭

高大宽厚的马鞍墙三进九院

大门前的两墙头上雕着墙头花

流苏王的芳香与跳舞楼中西结合的楼房

听雨斋的诗社吟唱的古今诗篇

文儒坊住着林翰陈衍何振岱陈元凯陈季良

以及武将甘国宝张经刘冠雄蓝建枢郭化若

六子科甲兄弟父子叔侄同榜进士

陈家九进士还出了个末代帝师陈宝琛

光禄吟台玉尺山房刘家大院

福州有名的电光刘富甲一方

杨桥巷的林觉民与谢婉莹

还有双抛桥的爱情故事

郎官巷里的二梅书屋与陈烈抗捐的故事

悲情的林旭与思想家翻译家严复

近代史上写下浓重的一笔

塔巷的历史要从五代说起

王审知的祖居就在这里

王有龄也是从这里走上去杭州的路

黄巷的小黄楼

古代建筑的艺术瑰宝精美无比

隔扇花窗顶饰斗拱悬钟雀替

郭家五子登科

黄巢起义来到福州

只因儒雅的黄璞灭炬过了安民巷

宫巷的古仙宫里神明熠熠

这条街上的名人

沈葆桢林聪彝刘齐衔刘冠雄

街坊挨着街坊

吉庇巷是急忙避开当了大官的

河对岸还藏着荔枝换绛桃的爱情故事

说不尽三坊七巷人文荟萃

道不尽近代史上名人故事

159

》第三章 旅摄随笔

三坊七巷

（3）安泰河

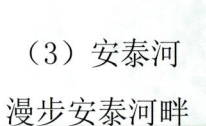

漫步安泰河畔

杨柳清风拂着含饴弄孙的欢乐

揽虹亭边稚嫩小儿悠游地玩耍

沿河的美人靠靠着游人惬意的遐想

大叶榕小叶榕福州的标志

安泰河蔽荫的长廊

古老的虬干蓄着千年不老的须髯

枝干上结满青绯红的小果

来品尝玫瑰园的茉莉花茶

老情人相见不得不邀约的地方

福州妹喜欢那个幽幽的虾油味

弟儿饼蛤油酥鱼丸扁肉燕光饼征东饼

炒肉饼绿豆糕元宵丸鼎边糊醉排骨荔枝肉

安泰河畔悠长悠长的木长廊

澳门桥下一级一级古津渡的台阶

步履蹒跚摇曳着依依的念念心

仿佛看见百年前何家的大小姐

带着杨桥巷马总铺的皮箱

从这里坐上了去往帝都的花轿

三坊七巷

77. 惠安女人

惠东海湾的时空

海风的咸香味大海的馈赠

海浪滚滚波涛汹涌

涨潮后的渔船满载鱼虾蟹的归程

惠安女人

肩挑臂扛手推车拉

阿姐，你的腰板子硬啊

满筐的鱼虾蟹敢挑

大石头敢挑

大木船敢挑

肩上几千斤的重担都敢挑啊

男人们扛着都要吆喝三声的轿子

你们扛着却不动声色

敲锣打鼓舞大龙

那是大男人的活啊

阿姐，你举起坚实的臂膀

面朝大海蛟龙翻滚

露着肚脐眼扎着银腰带

花哨的围巾围着刻满刀痕的脸

坚毅的眼神不屈的个性

阿姐，你辛苦啊

用女人的身子骨修成了

惠女林场，惠女水库

海岛女民兵站岗放哨保家卫国

阿姐，你勇敢啊

辛勤的劳作换来丰厚的收获

家家户户盖起高楼院落

儿孙满堂，福寿双全

阿姐，你福气啊

铮铮铁骨换来了幸福生活

》第三章 旅摄随笔

惠安女人

164

78. 徽州人家

（1）宏村一夜

南湖的月儿大

月沼的月儿小

活水流觞徽菜小楼阁

挂在灰墙上的腊肉，荤香

腊板鸭野菜臭鳜鱼

好友聚聚喝酒吃菜

马头墙上日影西斜

月沼池边守候流星

你来还是不来

等还是不等

呆了一夜

失落是人生常常要品尝的滋味

一场与天象较量的追求

执着与向往

虔诚与无所畏惧

得与失

轻轻抹去

（2）西递绣楼

黄山俊秀烘托了西递淳朴的民风

歙砚的流线刻不完万生万物的留存

宣纸徽墨重重地写下祖训

世事让三分天宽地阔

心田存一点子种孙耕

儒家的衣襟经与史沉重的门槛

雕梁画栋刻着祖辈的史诗

徽商重情义刺史有嘉绩

小姐绣花楼招亲比武抛绣球

桃花源里入家家

秋高气爽正当时

绣球落谁家

（3）塔川秋色

塔川的美在于农家的期盼

远山静谧炊烟袅袅

落日辉映枫叶秋凉的路过

山蜿蜒着路挤满了望秋色的人儿

徽州的日子是你侬我侬的担子

挑的还是农家肥的敦厚

村姑家的晚餐

嫩笋炒丝腌笋炒丝熏笋炒丝

梅菜扣肉豇豆角的酸辣劲

二碗三碗白米饭，劲道

》第三章 旅摄随笔

塔川秋色

(4) 石城曦雾

徽州秀色农家殷殷

秋枫燃叶郊游挤挤

落日躲入农家的炊烟

石城就一个石头砌成的城

六百年的老枫树耄耋矗立

霜轻轻打着叶稍

染上了葛色的旗袍

凌晨流水似的平流雾环绕山间

雾在蔓延，神话传说般的

还没睡醒的水雾缭绕着燃烧的烟雾

弥漫着村庄吞云吐雾

晨曦之光穿透了夜的黑暗

温暖的阳光渐渐露出笑脸

金光闪闪

白墙灰瓦

徽州人低调内敛的性格色彩

乡村，淳朴可以入画的景色

(5) 菊径人家

圆圆的流水河河对岸的八卦

绕着小村庄村庄里的牧歌

小桥搭个链通向外面的世界

河水一圈公路一圈

村子是一个大圆圈

村子里一定有着美丽的故事

进去看看

汽车一圈一圈绕着公路打转

三圆三圈三赢

生生不息的传说

(6) 篁岭晒秋

篁岭，皇家园林乎

村子里都是读书人

三开间的门面全是木刻花雕

门雕梁雕檐雕垂拱雕雀替雕

中国的神仙童话故事应雕尽雕

梯田，层层分布的庄户人家

晒着玉米黄豆辣椒南瓜

查记酒坊笛子的诱惑声

喝也醉不喝也醉

世外读书地

金丝皇菊香

晒秋红似火

深山醉一回

石城曦雾

79. 缅怀时代的印记

抚摸历史的沧桑磨砺出的痕迹
夏商周的青铜礼器
祭拜千古的英魂灵犀
饕餮、云纹、篆字、乳钉
流传的是雕龙画云智慧遗韵
地下沉睡几千年的回答
却是绿绒绒的铜锈癫疾
古文明的凝重凝结的结晶
谆谆的教诲和先民的伟绩
英名流传的铸鼎
爵簋觥鬲尊彝

兵马俑秦兵秦将雄壮威仪
开疆阔土的号角战鼓隆隆响起
不能被磨灭的秦王功绩
统一的中国统一的文化底蕴

黄帝的英灵魂兮归来
五千年树龄的苍松翠柏
轩辕手植为证
天圆地方天子九鼎
祭天祭地祭神灵

黄河壶口的瀑布
波涛滚滚从天降临
带着黄土地飞沙的雾雨
淋湿我们初衷的心灵
让我们幸福地沐浴在飞瀑的雨雾里
这是炎黄子孙龙的传人的洗礼
千里之外客家儿女认祖归宗的喜悦
黄河之水天上来
奔流到海
终又轮回到这里

风流帝王妃子
飘过的仙袂洒向民间的甘霖
睹物思情
长恨歌把天朝的恩爱唱尽
云里雾里飘渺着霓裳羽衣
七月七日长生殿
夜半无人私语时
百里古城墙摆着方城阵
抬头不见低头却见
悠久的历史
岁月留香的遗迹

> 第三章 旅摄随笔

缅怀时代的印记

80. 山水情深

山里有什么

层峦叠嶂一层又一层

山外有山，山外有山

山里有什么？有水呀

深情的溪涧之流婉转曲折

走不出大山呀，奶奶

凭什么我们贫穷拮据过着心酸的日子

凭什么我们艰难困苦过着呆滞的人生

是大山悬崖的阻隔

是山高路远的屏障

奶奶，你走出山外面的山了吗

你颤颤巍巍走过万安的浮桥

走过了光阴荏苒

家门前就是山，就是水

层层的梯田种上秧苗和山茶

缠腰的柔水绵延跌宕

再高的山修了路就可以直达凹头寨肖家村

再难爬的陡坡闯过了就能到达上党下党

山里人我们不哭

鸾峰桥来了领袖习近平

九十九道弯路崇山峻岭

山水情深需要精准扶贫

每一寸土地都是宝藏的源头

世外桃源引来艳羡的回眸

原生态开发无污染的山珍野味

要先富先开路

山里的石头都能致富

山里有什么？有山就有水

有人就有路，有路能致富

山里人我们不哭

奶奶你走出大山也容易了

大山外的朋友们来来来

青山绿水就是金山银山

来山里喝杯茶，来山里吃野味

保持原生态的环境

保持青山绿水清新的空气

绿水青山就是金山银山

就是待开发的宝库

》第三章 旅摄随笔

山水情深

81. 山乡柿子红

料峭的寒冬
霜打了红透的无核柿
屏南山乡是提着火笼的日子

待嫁闺中的妹子
推窗遥望
那棵结满相思的柿子树
还屹立在村口的小桥流水旁

逝去的年华
留不住的遗失
上上世纪的土墙围屋

马头墙里烧成灰烬的院落
不是朽木诉说的沧桑
山乡的疾苦谁来拯救
老农的企盼
不是一座空了的村庄

重建古老
回味曾经
荒废的民居述说着辛酸
老屋里踽踽的老人
无奈地守着祖传的家当
村头那些几百年的柿子树
叨叨念着古往今来的传说

》第三章 旅摄随笔

山乡柿子红

82. 长白山天池礼赞

万民朝圣
长白山天池神秘的殿堂
静谧寥远怡神空旷
海拔二千六百米处
高原的小草小花开放
盛夏
刺骨的寒风吹醒我混沌的心磐
回头望去
洪荒的天湛蓝湛蓝
云在天的那端

天池敞开神秘的面纱
万民顶礼膜拜
天堂里圣洁的甘露礼赞

千万年的火山
喷出的火炼成了石丹
天池的水碧蓝碧蓝
天神寂静地酣睡着
安宁沉寂
太阳又是西斜的时光
半个月亮已经到了中堂
日月同辉啊
幸福的我只会抖颤
融化心愿需要虔诚的泪花
拾撮修炼了千万年的浮石
高冷孤寂的馈赠
长白山顶峰圣洁的礼物
天池，致以革命敬礼

> 第三章 旅摄随笔

长白山天池礼赞

83. 武夷闲游

梅香引路
红梅错着白梅暗香盈袖
探访武夷精舍
朱子千训未能解
面壁万仞悬崖的思量
散不去心中对与错的纠结
品茶却把盏临风
御茶园茶魂牵挂几百年
嫌红袍炭烤
独爱骏眉
只一叶嫩芽香甜滋润
唇齿留香

三叩武夷荡舟九曲

十八弯情怀水的涟漪
穿越千年不烂的稻草
悬棺如彼大王安好

竹筏轻舟
绕过玉女三姐妹的梳妆镜台
绕过铁板鬼的铁叉
大王啊
千年的等待
已经没有爱与恨的纠结
景仰你威武的雄姿
勤劳和智慧
就让我偎依在你宽广的胸怀里
咽歌似泣

武夷闲游

84. 霞浦情歌

我抛个媚眼给大海
大海回我雾绵绵
我抛个绣球给大海
大海回我雨涟涟
我的心在海云之上
海云回我情万千

崳山的雾雨封锁岛外的礁链
马祖隔岸也是水样的潋滟
南塘的海鱼沙湾里回旋
潮汐水涌映美阡陌的盐田

滩涂遍插养殖的竹纤
紫菜下海指望丰收的明年
三沙的山地跑过马拉松的健儿
加油，加油
年年相会在霞浦岸边

我的心在海云之上
海云回我情万千
我抛个媚眼给大海
大海回我波光粼潋
我抛个绣球给大海
大海回我彩霞满天

» 第三章 旅摄随笔

霞浦情歌

180

诗与摄影的激情碰撞

85. 开茶节

写于 2017 年第六届福鼎白茶开茶节

买尽春风三月的风情

百花盛开

明前的白毫芽勃勃生机

春风化雨忽冷忽热的雨雾氤氲

开茶啦，开茶啦

开茶的锣鼓声声

茶祭香火

祈祷太姥娘娘福佑九鼎

朝晨阳光明媚

晚夕雨露滋润

四季的茶情风调雨顺

盛年的茶事国泰民安

开茶啦，开茶啦

开茶的锣鼓声声

踩街

踏着青龙灯舞欢腾的喜悦

踩着五色狮舞吉祥的祭拜

白琳翁江渔翁戏鱼

丁氏回族御前提灯

前岐状元骑马

沙埕旱地跑船

十三太保护驾巡游

政府搭台，企业唱戏

百姓实实在在要富足

采茶

畲家的采茶歌漫山遍野

青山绿水只有香甜的深呼吸

万亩茶园临山面海

青翠茶苗，盈盈秀手

采呀采呀细细采

采下的银毫入了簸箕

制茶

自然萎凋复式萎凋加温萎凋

千片万片的竹篾箩筛

晾晒的是茶农饱经心血的芽芽叶叶

梗叶剔除文火烘焙

火香衬托茶香

香气天成趁热装箱

闻香

七年的白寿眉窖藏六妙

五年的白牡丹封存瑞祥

三年的白毫银针香自天成

竹篾晾晒自然萎凋

野草的香气沁心入脾

高山上一碗古旧的大碗茶

甜甜的滋味怎堪回忆

四十年知青的辛酸茶林

开茶啦开茶啦

天宝物华，瑞草白茶

一叶风骚，独步国饮

注："天宝物华，瑞草白茶

一叶风骚，独步国饮"取自福鼎《白茶赋》

开茶节

86. 长乐滨海

（一）

穿过秋天的迷雾
长乐，滨海新城
那湛蓝湛蓝的诱惑
那大海咸咸香味的诱惑
妹妹，我去看大海啊

这是宁静的大海
浪花一层一层地翻卷着
南澳海滩
落日与白鹭齐飞
退潮的浪花儿欢快地炫舞
海礁上留下大海的馈赠
我和你捡拾着礁缝里小小的螺贝
我们今晚煮了吃，你说

情侣们手牵着手
走在沙滩夕阳辉映的水光里
快快捕捉住这醉人的一刻

爱情的小小鸟
让海风见证这永恒的甜蜜
涨潮了，渔船一艘艘地回港
满筐满筐的海产
海边鱼市熙熙攘攘
小鱿鱼，海螃蟹，马鲛鱼，白龙鱼
大海昌，八爪鱼，大海螺
上菜啦上菜啦
一碗酸笋丝鳗鱼滑的黏味
正是这海滨城市的味道
小鱿鱼清清淡淡地白水煮啊
蘸着香醋甜甜的甘味
最喜欢那碗鲨鱼肚
爽滑劲道香脆麻辣
还有漳港的西施舌
浅浅隔水炖那妙不可言的尤物

（二）

海潮滚滚
天色在蓝调里泛红
北澳海滩
初升的太阳被云层笼罩
金光透过云朵直射在海面上
波澜汹涌的浪花冲上了海滩
水光倒影流霞云天
涨潮了，你听
那大海呼啸着卷着层层浪花
扑向你，你听
那是大海隐隐作痛的声音
那是大海无怨无悔的声音
大海深层次的奥秘谁能弄懂
赐给生灵各得其所吧
生命不息生生地轮回
你听，大海呼啸的声音
大浪淘沙的声音

> 第三章 旅摄随笔

长乐滨海

87. 台缘樱花

山叠山，山叠山，山叠山
我奔向你的怀抱系着花乡的思念
绕山的茶田樱花护围
之字回旋浓浓的乡愁
日出的霞光云雾里穿梭
夕阳明晖静静地沉落
我只想听一段樱花的传说
哥哥的茶水千家万户的嘱托
台缘桥上
我站在温馨的这一头
你站在思乡的那一头

年轮掐着指尖算了一卦
就是大雪纷飞的红尖山顶
雾凇弥漫冰凌花开的时候
我在山里头
你也在山里头

> 第三章 旅摄随笔

台缘樱花

88. 客家原乡

汀州府真的是个水韵流芳的骊歌城
斑驳的树影掩映着汀江龙潭
古城墙厚重的积淀回响文化的滥觞
拾级的步履凝重地思索
红军是在这里发祥

客家三千里故土的乔迁
祖先肩挑背扛的遗骨埋葬于宁化石壁
千年遗训诗书耕读传家
客家土楼围屋的墙上铭刻着祖训
先代贻谋由德泽
后人继述在书香
再苦不要苦孩子
再穷不要穷教育
闹春田五谷丰登
走古事国泰民安
游大龙风调雨顺
百鸭宴事事如意

汀江啊，我借你的名太久
却不知道你在何方，而今梦游故乡

不知乡亲们咿咿呀呀说的什么
祖辈只留给我客家的情真
见不到太爷爷见到了您的子孙
血脉的传承我们依旧还是同根
我泪如泉涌的呼唤，哥哥呀
你的白斩鸡、白斩鸭、芋子粄
酿豆腐、炸腐卷、百侯饼
长汀酒娘的醇香
我心里久久的酝酿

斑驳的树影掩映着汀江龙潭
纳凉亭里传出客家山歌的对唱
哎呀阿公阿婆唱了八旬的情歌
唱不尽天天的思念
朝天门外东大街
旧街坊那个旧门坎
不知走过几代人
娶进了几房媳妇儿
嫁出了多少黄花大闺女

雕梁画栋的大夫第
乌木圆刻雕着中华精美的文化
太平廊桥车来车往连着城里乡下
古城新貌展望绚彩的未来
济川门、朝天门、五通门、惠吉门、宝珠门
古老的城墙遗风昭昭
二十八姓彩灯招展
七弦古琴拨着水韵的流芳潺潺
汀江水深深浅浅
浣纱母亲的捣衣声声声入耳
江水青青江水平
忽闻岸上踏歌声
姐姐呀，登科近在咫尺
你不是省下时间
而是省吃俭用积攒下养儿育女的钱钱

> 第三章 旅摄随笔

客家原乡

89. 带一首小调去江南

带一首小调去江南
江南水乡的吴音温婉
最是江南炎热的仲夏
尽一杯三伏的酒酿
谁为我弹一曲古意
去把江南的曲子唱软

带一首小调去江南
江南的茉莉花正芳香
采一朵美丽的茉莉花
插在我的云鬓上
秦淮的小桥流水
夜晚的碟拼花盘
嘤嘤的评弹花唱
江南女人
浅浅笑你不懂情殇

梦醒水乡
如烟似霞苏州的美女孩儿
林妹妹幼年时候

就住在这姑苏七里山塘
带一首小调去江南
逛逛苏州的观前花街
绣娘的千针万线
绣的丝丝相思情肠

阿卡迪亚湿地的枞生草场
太湖淼淼浩瀚广袤无垠
取水长堤卧波横亘
吃不尽太湖鱼米尝不完蠡湖鲜香
白虾白银鱼白刀鱼
没尝尝麻辣小龙虾
都是白来江南一趟

走过六港桥沙堤湖头
轻盈的蜻蜓起舞翩跹
一望无际的太湖烟波浩瀚
你想沉入湖底去看看龙宫吗
这一回
就是想做个变幻莫
测忽隐忽现的精怪湖妖

》第三章 旅摄随笔

带一首小调去江南

90. 穿过半个中国来爱你——太湖

穿过半个中国来爱你——太湖
站在你的嘴角，躺在你的胸怀
吸吮乳汁一样微微咸的湖水
万顷碧波鳞光荡漾
湖上飘来苏吴的渔歌
一片片的芦苇荡子
一艘艘渔家的船坞
鱼虾蟹鳖蚌螺天然养殖的湖鲜
来啦，一道道的湖鲜美味

无锡苏州南浔湖州宜兴
爱你仙山的浓雾隐蔽了范蠡的身影
爱你万条的柳丝遮住了俊美的西施
鼋头渚春季的樱花夏季的荷香
秋季的枫叶冬季的雪霜
渤公岛紫藤长廊荷亭映月
美人花开在菱湖大道上
夜晚的运河还有桨声灯影的歌唱

太湖流域富庶的鱼米之乡
沿路乡村家家户户住的别墅城堡
高新园区国企工厂国家软件园
苏州的丝绸锦缎宜兴的紫砂陶器
吴江的珍珠塔南浔的指路航船
湖州的紫毫毛笔写的那个书法长篇
纵横交错的高速公路网高速铁路网
还有日夜飞翔的国内国际航班

穿过半个中国来爱你——太湖
站在你的嘴角，躺在你的胸怀
吸吮乳汁一样微微咸的湖水
太湖，我选择你的风穿过我的家
尽管风还带着鱼腥味带着蓝藻味
我还是深情地喊一声
我爱你太湖

》第三章 旅摄随笔

穿过半个中国来爱你 - 太湖

诗与摄影的激情碰撞

91. 一个人的旅行

一个人

孤独寂寞中的自由

跋山涉水找一个靠山

走啊

说走就走拔腿就走

说好了去看神农溪上的纤夫

耳旁响起纤夫的吟唱

妹妹我坐船头，哥哥你岸上走

奢望的回响原来梦很长

飘渺梦境的仙子

霓裳羽衣起舞的水袖

蓝调的晨光里跨上战马的决心

水雾笼罩的大九湖

梅花鹿鸣，艾草馨莘

菊花芳沁，雉鸠落林

还等谁能陪你远游

真想靠一块空地搭一介草屋

孤独地只对花儿和草说话

摸摸梅花鹿的犄角

不走了，大山深处的回音

> 第三章 旅摄随笔

一个人的旅行

诗与摄影的激情碰撞

92. 桨声灯影里的夜龙舟

炫彩
用光芒照亮三溪拗黑的夜
蓝调光轻拂慢慢暗下的天空
鼓点与嗨喝声
鞭炮声与人声鼎沸
浆声灯影里的夜龙舟

诗魂点燃的一定是屈原悔怨的心境
寻找盘旋二千年的离骚
有水的地方就有龙舟竞渡

三溪的同学会齐心协力建造龙舟
画龙点睛龙潭试水
祈求风调雨顺百姓安康
奶奶的巧手包好了缠脚粽子

祭天祭祖祭屈原
香囊艾草菖蒲大蒜雄黄酒
驱毒避邪中国人的习惯

潘潘潘潘
夜色璀璨龙舟竞渡
竞渡竞渡
光与影速度与力度的较量
追焦拉曝慢门快闪
嗨豁嗨豁戏台上暖歌熏人
戏台下龙舟竞渡
速度与光影的追加幻化
流光溢彩熠熠生辉的曼妙炫光
这午时的龙舟竞渡
咋变成了浆声灯影里的夜龙舟

195

》第三章 旅摄随笔

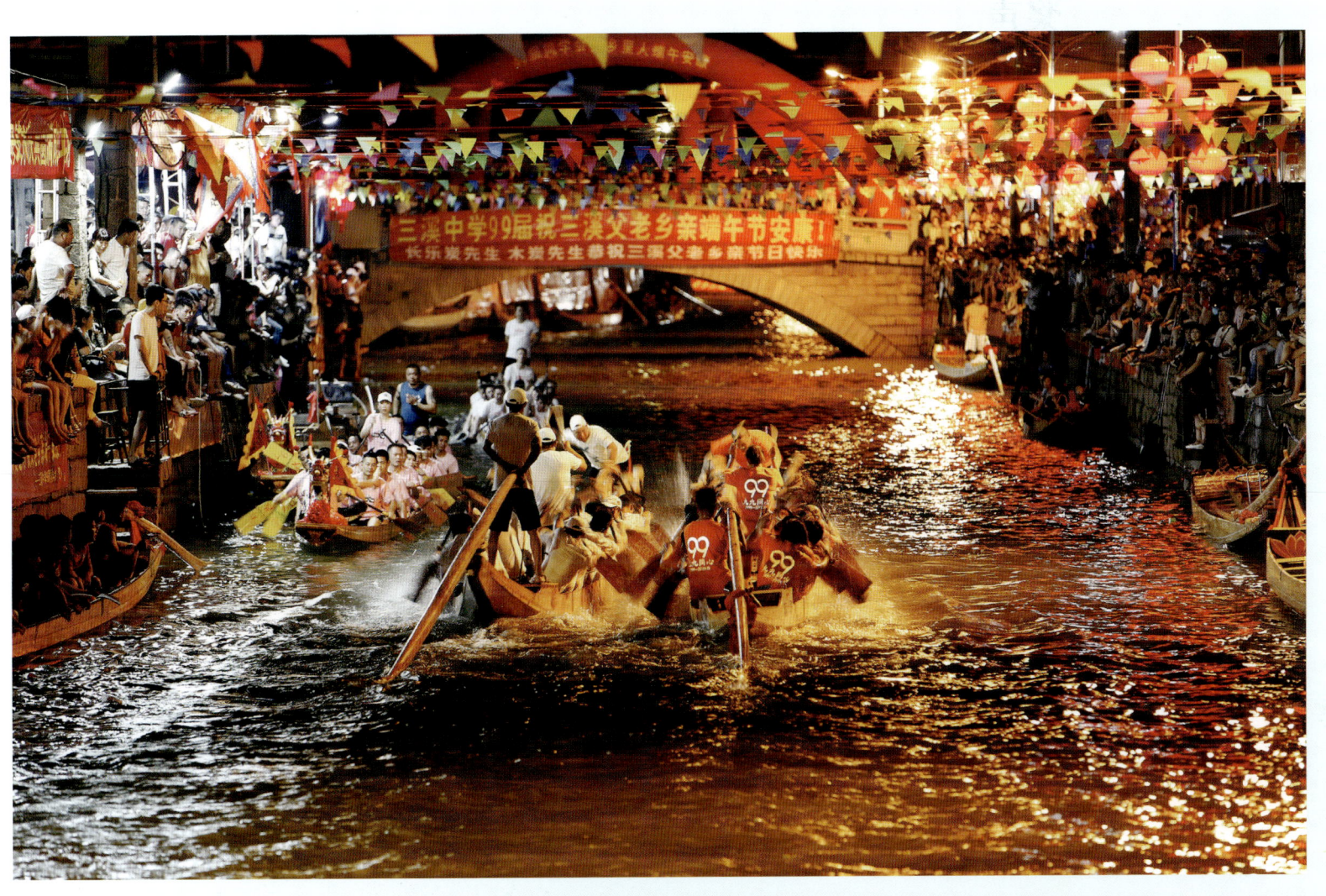

桨声灯影里的夜龙舟

196

93. 生与死

活着与死去幸福与悲哀

纪念墙上

英雄志士年仅二三十岁

抛头颅洒热血大无畏的革命精神

敌人只能砍下我们的头颅

决不能动摇我们的信仰

头可断，血可流

屠刀啊

尸横遍野流血牺牲你死我活

鲜血浇灌出花开的国度

几千万革命烈士的生命换取

总有人要为正义而战为国捐躯

千人坑万人坑

为理想为正义为国家为子孙

为国捐躯

杀出一条血肉模糊

死魂灵板上英雄折寿

火红的颜色祭天祭地祭鬼神

» 第二章 爱在四季

生与死

198

94. 浴火重生

熊熊燃烧的烈焰考验热情
火红的光芒
祖先的英灵在舞蹈
抬起祖先神灵的塑身
魂魄附体
鞭炮齐鸣
炸响乡间的庙宇社稷
锣鼓声声响起鞭挞的号角
赤脚踏上炭山火海
棕轿摆起来，豁啊
浴火，才能重生的魂灵
打砂花，打铁球

用鲜血祭祀祖先的魂灵
熊熊燃烧的烈焰
神的祈佑舞蹈
豁啊，豁啊
铁水之花四溅神灵箴言开启
新年新气象四季和顺平安康健的大地
新年新气象旺财招宝五谷丰登的大地
啵啵盖伊神木亚
豁啊，豁啊
莆仙人民的精神风貌
敢拼、敢闯、敢赢、敢较量的豪情
啵啵盖伊神木亚

第三章 旅摄随笔

浴火重生

200

95. 阳光下的大樟溪

碧蓝的裙带缠在永泰的玉腰
明溪深潭千百年人文荟萃
圆圆的鹅卵石铺就了鱼水情深

天很蓝水很蓝,大樟溪
十三棵六百年的大榕树深情对望
龙须、龙爪、苍劲古朴
见证了往昔百舸争渡的繁荣

码头绳穿过的岁月磕磕碰碰
渡过四十九道劫回望莲花福道
生死不是简单的一撇一捺

溪边的梅鱼泼啦泼啦地跳跃
来客人了来客人了
大樟溪在这里拐弯,在这里沉淀
青山叠翠温泉水滑浣洗疲惫的心弦

朴实的村民依旧是农商兼顾
地瓜、草莓、竹笋、李咸、橄榄
不紧不慢过着悠闲自在的生活

》第三章 旅摄随笔

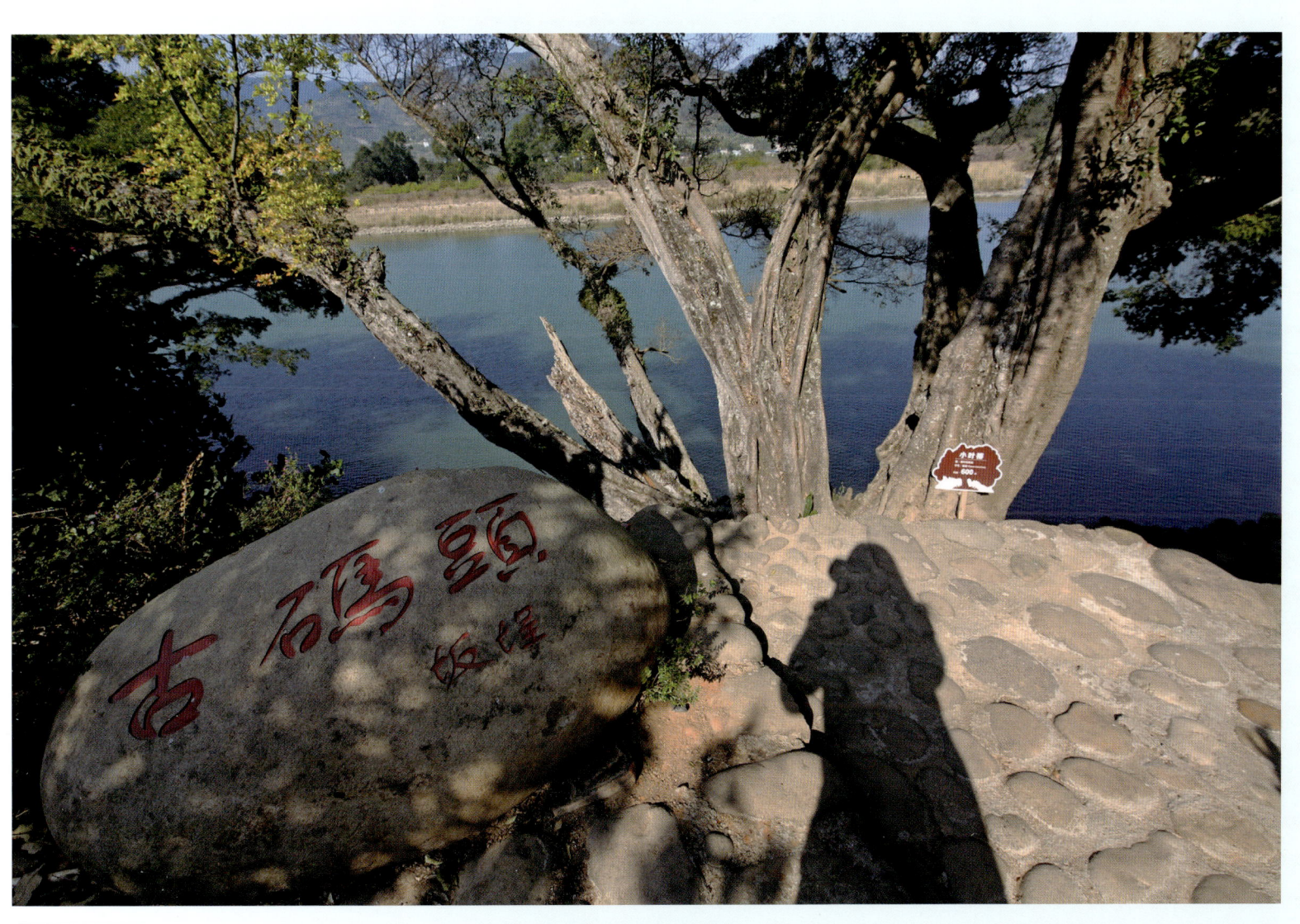

阳光下的大樟溪

202

96. 穿越神农架

沿着尚未干涸的神农溪

穿越神农架

纤绳上的纤夫颤悠悠

彩云仙气神雾百草

小菊花艾草叶水云间

大九湖一千六百海拔

不冻着的季节就是清爽

神农尝百草悬壶济世

遍野菊花香治病救人

中华药典精髓与滥觞

鹿鸣呦呦

小鹿可爱的眼睛看着你

而你看着的是他头顶上的鹿角

鹿茸鹿角鹿角胶

配伍熟地山萸肉山药五加皮麝香

补肝肾益精血强筋骨

天地悠悠云蒸霞蔚

大爱神农架这山这水这大九湖的巍峨与豪放

迷雾缭绕的晨曦风光

>> 第三章 旅摄随笔

穿越神农架

97. 与书同眠

天灵盖的精灵舞蹈
一叠又一叠，叠叠复叠叠
叠加更多更多的书籍
展示更多更多的知识
你是图书馆里一只温顺的小猫
却变成了狐狸
吃下一行又一行的文字
文字变成了精灵变成了物质和财富
典籍在身边张牙舞爪
喷射着智慧的火花
扫描大意推敲文字刻录菁华

典籍书册静谧无声，沉默
先贤的智慧喷出的火花雕刻
永世珍藏的青铜器上
竹简丝帛甲骨精美雕琢的木版铜版
经史子集靓丽炫彩的刷印
麻纱纸毛边纸绵连纸开化纸玉宣纸
鱼尾纹版心边框书脊裱褙
刺指的血滴融成墨汁抄写下的血书
抄本里最触目惊心的遗存
泥字的铅字的铜字的活字印刷术
进化到电脑排版的机器印刷术

铜版纸胶版纸凸版纸书皮纸
精美的书籍爱不释手地阅读汲取

喜欢在书库里摸索
书是魂灵的记忆
携一册书细读在书里发呆
思维风暴超级记忆术
遇见未来的自己
心理的游戏性格色彩描绘
超越自卑赢在行动冲击
最容易成功的九种女人
是不是书看多了，晕

典籍记述着密密麻麻的千秋功过
孰是孰非温良恭俭让礼义廉耻孝
一代又一代成长起来的新人
新时代新想法

读万卷书，走天下路
千万典籍实则只有十几本书可精读
十几本书又只有几页的菁华永记心间
不，记忆是计算机存储的事
想看什么是搜索引擎的事
你是图书馆里一只温顺的小猫
也可以是狐狸

》第二章 爱在四季

与书同眠

诗与摄影的激情碰撞

98. 您好，2020

2020年，二十一世纪二十年代的到来
时间跟大家开个玩笑
那天你从尤溪洲大桥上走过
开着奔驰车宝马车
天上的云河星朵向你致意
你是皇上的紫禁城
紫云星，紫气东来

世上有一朵雨做的云
云下面是我的故乡
三迪希尔顿巍然屹立谁与争锋
你太高大了
以至于我都不敢抬头认真地望你一眼
财富金融的好风水映在你的脚下
你的巍峨八闽地主都要来点头哈腰
未来属于风起云涌的财富广场

属于伟大的三角洲
属于风与水的激情碰撞

时间的刻度
刻在树上抑或刻在心里
走过路过就别错过
别一颗金光闪闪的金刚钻遥望
山在水里，水在山里
谁把手风琴拉到山顶奏响2020的进行曲
爱您，爱您
2020，您好
来吧！让我张开双臂拥抱您
给我一双慧眼吧
今夜的婴儿啼哭
生命的接力铺开华章
麟儿是革命的接班人

>> 第三章 旅摄随笔

您好，2020

后 记

中国新闻出版研究院党委书记、中国编辑学会副会长黄晓新看了《诗与摄影的激情碰撞》一书后点赞道：你是摘星揽月、行摄世界，给人美好意象的天使。我们的民族需要更多像你这样仰望星空、鸟瞰大地、纵横驰骋遐思的行者。读你的诗，看你的摄影，就像啜饮佳酿，遇见缪斯。你的著作不追求一时一地的热闹，更可传之久远，播出广泛，还可作为对青少年施行博雅、美育和爱心教育的范本。

感谢中国书籍出版社能给我这个机会，出版这本《诗与摄影的激情碰撞》书籍，感谢王立根老师为我的诗与摄影集题词。感谢福建省摄影家协会，感谢上邦国际摄影俱乐部、平一国际影像俱乐部，感谢在黑暗中一起战斗过的天文摄影师们。感谢福州日晟彩色印刷有限公司的支持，感谢高中同学，大学同学以及诗友们影友们的支持和热爱，感谢家人的支持和热爱。我很幸福。